心灵笔记

潘政 著

Read
It
Several
Times

作家出版社

目
录
CONTENTS

Part 1

小鸟在说 003

文人的话 008

人生的意义 013

你的样子 018

中年以后 023

光阴匆匆似流水 031

三年时光 036

今夜月儿圆 042

Part 2

泰山岩岩 049

星巴克看雨 054

关于爱情 059

抬枪鞴马杀出来 066

生存状态 070

我爱碧螺春 075

活到老　学到老 079

从团长到连长 084

Part 3

我的文字观 091

如火如荼的夏天 097

有个朋友名叫冯唐 103

说说郁俊 107

与方建光书 112

给万立的信 116

书道追我苦中乐 121

告诉你一个不一样的书法 125

Part 4

京　城　149

喝　茶　154

禾　禾　159

阿　贝　168

婧　儿　173

忆若蔚　177

几位老师　182

致×××编辑　187

Part 1

尽管时间不是利用得尽善尽美，但总的来说进步不快，力度不够，如何提高力度，是需下大功夫努力的问题。有时因为力度，也累了起来。人做事不能没有压力，太累了也容易丧失兴趣、失去生活的意义，累了起来的原因或许是从事了自己不擅长的东西。做什么都需要“度”，这是最难把握的。

辛苦是最幸福的。辛苦得来的东西要珍惜，也不能敝帚自珍，也不能不抛弃，更重要的是发展和变化，只有变化才是不变的，才是生命力的不朽之源。

在我们生活的环境中，我不知道人与人的差距到底有多大，不说别的，翻翻报纸，看到那成群结队的人所写文章的专业程度、思想深度、新颖的视角、华美的文笔以及所提供的信息量就足以使我这个自诩有点文化的人汗颜不止，觉得自己是不专业的小儿科。有时真想躲在一个没人的角落里吸支烟，什么也不想、什么也不做了。老人常说：人比人，气死人。真的一点儿也不假。

小鸟在说

对于整个的人生来说，四年的时间不短也不长，自己在许多方面多了一些锻炼、一些感悟，转换了思维。成绩的拥有不一定要形成文本，多接触不同环境、不同性格的人可以更好地丰富自己，此正所谓“行万里路”。为人的道理如同为文，需要元气充沛和酣畅淋漓，有格局与厚度才好，这是一个修炼与酝酿的过程，像下棋和雕花，平心静气一步步地下、一丝丝地抠。

“高筑墙、广积粮、缓称王”是早已立定的原则，我也不知道环境对于人到底起多大作用，塞翁失马是常有的事，换个环境看看自己，或许还是这样。世界上不存在假如的事实，人的进步应该是自身素质与结构的发展，而不应该以名利作为坐标。利用或改变环境为自己加压，使之进步，才是明白之举。

人的竞争实际上是智慧的竞争，在理念、运作、筹划等等一些虚无的理论前，金钱仅仅是代表个人部分能力的数字而已，而要把虚无的词变成现实，谈何容易。它需要复杂的计算、宏阔的格局、深厚的思维、超常的胆识，当然，还有机遇。凡是成事者，总有常人所不及的力量，这是真理，也是实现自我、超越自我的难处。

当下社会的自由和开放程度已经使“代沟”的年龄差距逐渐缩小，人们变得越来越聪明和不可信，越来越重视条规而忽略感情，物质的发展改变着人的精神观念，如何校正，使自己的道路更加宽广和笔直已成为每个人应当警醒和思考的问题。观照自己是句很好的话，这里并没有用错字，夜深人静时看看自己可以更好地发现自身的缺点与不足以及在这个社会与时空中所处的位置，更清楚地辨别是非、荣辱以至生死的关系。

我喜欢那些很男人、很男人的东西，诸如水景豪宅、BMWX5、“一万年来谁著史，三千里外欲封侯”，可有时候觉得自己一无是处，心力使足了换来的也只是平庸，怎么也充不起那种霸气，于是自然迷茫起来，找不到奋斗的方向，就像挖井人，痛苦的不是烈日下挥汗如雨地使锄头，而是不知如何下手。好在古今先贤们的人格与精神如同夜里的星星，时时照亮前方的路，让我不会有丝毫的恐慌和懈怠；好在世上心比天高、身为下贱的人很多，也就有了阿Q精神，也就没有了孤独的感觉；但骨子里总是不服，可能是因缘未到，可能这就是我的命。

八十年代初有一首歌，叫《我们的生活充满阳光》，节奏欢快明亮，一片清新的感觉，那时真不知阳光下也有那么多黑黑的东西。随着年龄的增长，总觉问题越来越多，知音越来越少，虽然说不明白，可日子还是要过。记得从前写的：以平常心，处乱世境。今天的体味竟是如此深切。把握好自己或许是解决一切问题的不二法则，心情郁闷时，我常问我：你听，那小鸟在说什么?

此生不愿别的，只是希望年老时，坐在安乐椅上，微笑着回忆过去的几十年——我曾奋斗过。

文人的话

我从小长得就很斯文，长大后戴了眼镜就更斯文了，加上平日里喜欢安静、爱看书、爱舞文弄墨，便日渐加重了文人的气质，无论走到哪里在人眼中都是一副典型的文质彬彬的形象。但是我骨子里是不喜欢这个样子的，因为瞿秋白的话给我的印象很深：一为文人，便无足观。或许和这位共产党领袖的心灵有相通之处，我也喜欢做点事功，尽管“立言”和“立行”都是很大的本领。

心犟不过命，上天让我进了文人的圈子，既然进了这个圈子，也就有了资格唠叨一些自己和人家的长短。文人往往做不成事，这个一些先哲早有论断，也是我不喜欢做文人的根本原因。懂的道理多，也就局限在这个道理里，真正有创造性的往往是那些打破常规而又符合做事规律的人。这些东西可能文人也懂，但架不住天长日久书中的框框已变成做事的本能。学起来难，改起来更难，终不免畏首畏尾。小时候对于“尽信书，不如无书”，总不能理解，不知道既然这样为什么还要读书，后来总算懂了，这是辩证法，是真理。记得国外有某个好事者统计过，那些具有大发明大创造者有相当一部分没有上过大学，也是这个道理。我很羡慕那些人。

我知道我不是那种“以才为文”充满灵气的聪明之人，自己的祖坟上没有冒一丝一缕的青烟，上天也没有安排我赶上什么大的机遇，所有的小小成绩都是依靠自己付出的艰辛努力。这点成绩经不住多大的风吹草动，可能一点点波澜都会让它化为乌有，丝毫的收获都让我倍感珍惜，这一路我走得很辛苦也非常谨小慎微。我知道胆子小的人做不成事，但也没有办法，因为总感觉自己的实力不够，所能做的只能是积累，只有不断培养一股不服输的精神，在败中汲取经验、增长智慧，并且在这股精神的引领下能走多远算多远才行。

记得二十多岁的时候我立了一个心愿：尽最大可能地了解自己，尽最大可能地了解世界。我不知道这种“最大可能”能到何种地步，因而在没有发现自己哪一方面有着超乎常人的特长的前提下，我努力做着多方面的尝试。尽管很累、很浅，但每一个尝试都令我受益很深，都令我变得更加丰富和健壮，都令我在那平淡生活的朴素外表下充实着不平淡的自信。我默默地做着各方面的努力，每天晚上像卖瓜的老农一样一分一分地算着我的收获和付出以及我所犯下的错误，尽管常常顾此失彼、所获不多，值得庆幸的是步子迈得还算踏实。在摸索中，我很自然地接触到了各行各业的精英，他们对于所擅长专业的理解已经淋漓尽致，我惊讶于人与人的差别以及造物主的不公，然而“小狗也要大声叫”，我相信笑到最后的人笑得最好。

在保守和自闭的外表下，我深知人们的感觉是误会的，我深知自己内心的开放与丰富以及思想力的强大，总希望通过某个表象来向世人证明自己的不安分和创造力，然而这种表象却没有找到，或许终究没有，或许是缘分还不到，好在我不会因为没有收成而放弃播种和耕耘。

面对工作与生活中纷乱庞杂的压力，我除了无奈以外倍感孤单。我们不能不承认在生活中如果仔细体悟和观察，有些细微的迹象很能反映出个人在某些事情上宿命的存在，其原因是这些事情的结果无法用正常的自然思维来解释，好像冥冥中有双手在操纵着大局。所谓“顺天知命”实际上是一种智慧的体现，这里面不能有任何的不服气，人到中年对于自己和这个世界已经了解了很多，我不想生活得太委屈。“文章憎命达”，我越来越坚信古人的道理，人的才华是与磨难的增长成正比例的，磨难可以使人的内心更加平静、思虑更加长远。我喜爱有才之人，但给孩子起名时却叫“坦”，希望他的人生平平坦坦，人就是生活在这样诸多的矛盾之中。

人生的意义

忘了是张中行老先生还是季羡林老先生了，在所作的散文里说过一句话，人生没有太大的意义。这句话我是比较喜欢的，虽然有点消极，但是想得深了，就是这么回事。从某个角度来讲，每一个人的人生过程都是异于他人的，有积极的，有消极的，有奋斗的，有躺平的，有上半场好过的，有下半场好过的，虽然过程不一，但万法归一，结果是相同的，都是赤条条地来又赤条条地去了。看得多了，听得多了，想不明白了，难免会在“三观”中掺进去一些佛家的思想。

人生的大问题中，经常有一个问题横梗在我的脑海里：人的努力在多大程度上能够改变天命。这个问题我想了很长时间都没有想明白，也看了很多书，问了很多人，遗憾的是书上的答案五花八门，高人的回答也不尽相同，所以最后还是没有明白。从基因的角度来讲，每个人从一出生就在生理上和心理上存在不同程度的不足和缺陷。这种不足和缺陷大小不同，花样各异，积极的人生是需要后天的努力去弥补这种不足和缺陷的，不过想要彻底改变也很难。即便是从事同一行业的人，差距也是相当地大，比如都是作家，虽然基本的文笔素质是要有的，但是在知识、经验、技巧、格调、想象力、思想的深度等很多方面又各有不同，每个人又有每个人的擅长。

叔本华说过，人生就是一团欲望，欲望不能满足便痛苦，满足便无聊，人生就在痛苦和无聊之间摇摆。我感觉那团欲望就是生活的目标，一个人如果生活有目标，再加上天分和努力，在他的人生轨迹中总会或多或少地做出些成绩，目标很关键。有的人生活的目标是挣钱，当所挣的钱达到几辈子花不完时，他可能突然表现出茫然，不知所措，因为目标没有了，就像瑞典程序员马库斯·泊松在暴富后坐拥百亿，却忽然感到前所未有的孤独和空虚。各个行业的很多人都经历过这样的状况：当过官的人退休了，从车马盈门到门可罗雀的骤变，那种失落、无奈好似车子失去了方向；做学问的人倾尽一生得到了某项成果，却不知道下一个课题在哪里，该研究什么、该怎么办。迟子建也说过，写完《额尔古纳河右岸》后特别失落……我不忍告别。

应该承认，社会上大多数人，不管是主动的还是被动的，都是要求积极上进的。自甘堕落，乐于平庸的人毕竟是少数。“人往高处走”是人的本能，就像学校里的学生，不管是学习好的还是学习不好的，都是希望自己的学习成绩优秀，都是希望自己的生活受到别人羡慕。我有两个同龄的朋友，没有文化，出身贫苦，用他们自己的话说就是五年级以上没有同学，但现在一个是大老板，另一个是打工仔，可以肯定地说大老板的人生要比打工仔丰富得多，可作为个人来讲，哪个人更幸福呢？不好说。幸福的含义每个人的理解不同，每个人的幸福密码和他的寿命密码、财富密码等一样也都不尽相同，很多人视为幸福的东西，很多人又视为罪过。无论我们从事什么工作，政治、经济、文化、体育、艺术等等，研究深了，都不可避免会触及人性的问题，归根结底所有的问题也都是人性的问题。

人生如戏，人走向社会后便在寻找角色，同时角色也在寻找人。有的人这一辈子都没有找到适合自己的角色，有的人这一辈子找到了很多适合自己的角色，但大多数人这一辈子的角色也就一两个。角色有适合自己的有不适合自己的，不管怎么说，不管干什么角色，不管适合不适合自己，既然在演戏就要努力想办法把戏演好。如果实在觉得不舒服，也没必要委屈自己，可以花些代价把角色换一换。

世上活着的人很多都没有真正思考过人生的意义这个问题，只不过人家活着我也活着罢了，只是当有些无常的大事来临的时候才考虑我究竟是继续活下去呢，还是死了好呢。写到这里，忽然忆起南昌起义时前敌总指挥贺元帅的一句话：活着干，死了算。这样的人生观好像比老先生们的积极了些。

你的样子

不能否认，人世间有很多事情无法解释，即便是对于能够解释的事情在不同的阶段也有不同的答案，这样的效果就使得同一件事情变成了不同的事情。但事情总有它的表象，这些表象或多或少都有助于我们理解事情的本质，从而让我们对无法解释的事情缓缓理出些脉络来，这些表象有时可以用很简单的概念把它们表达出来，比如说——能量。

我相信每一个人都是多种能量的集合，物质和精神的集合，这种集合表现出来的形式有时也给人造成片面的假象，举个例子——霍金，不能因为其弱不禁风就说他没有能量，恰恰相反，他是个能量非常大的人，而有些身壮如牛的人可能却十分轻薄。

寂寞孤独的岁月里，我经常在自己的血统里面找原因，想看看自己的身体里到底蕴藏着多大的能量，这就不免让我的记忆追溯到从前——能想多远算多远。在印象中，那个时候身体很弱，弱到什么程度呢？至少在所能接触到的同龄人中是数得着的，经常生病，经常受欺侮，于是对人世间强者的霸道与弱者的同情也就理解得比别人深切得多。从能量的角度来讲，单就这一点就慢了半拍。回忆到心态上，脑子里天生有种小民的思想，胆小怕事，喜欢在任何事务的最底层，老觉得那样安全，好点坏点不要紧，那种平安最好的思想比传统中国人的保守有过之而无不及。由以上两点便可看出上帝并没有给我一个好命的安排。长大以后看了电视剧《亮剑》，才知道李云龙的那种精神我没有。其实，仔细地思考一下，在什么都不具备的情况下，亮剑精神也是一种能量，而且那种能量很重要。具备能量的人会把问题想得很远，这样有个好处，能发现许多事物原始的端倪。据说和尚在禅定时甚至可以看到自己的前世，这个常人无法去考证。但西红柿之所以成为西红柿是因为刚出果的时候就已经像西红柿了；毛泽东之所以成为毛泽东是因为小的时候作过诗："春来我不先开口，哪个虫儿敢作声。"那时候就有了做毛泽东的冲动。当然，西红柿能长多大是不好准确量化的，作为播种人，只需勤锄草、多施肥，长多大还需要看看天意。画家李鱓有首题画诗是这么说的："自在心情盖世狂，开迟开早又何妨？可怜习染东篱菊，不想凌云也傲霜。"这诗只看了一遍我便再也没有忘记。

在山穷水尽面前我只能表现出无可奈何，这种无可奈何在我的人生很多阶段明显地出现过。有深刻记忆的如高三考大学以前；如大学毕业后至工作以前；如在某单位混日子的那些光阴；这样的时期让我愁眉紧锁，好像一只迷失了方向的小鸟似的不知所措。我也多次向自己的内心寻找根源，想看看能否拓展思路，以更快地摆脱这样难熬的焦虑，可总也看不到光明的一面。看看身边各行各业的英才，自己或许有些不服气，然而在实力面前由不得你，你所做的只能是俯下身来，不放弃任何一个小小的机会。有时我想人生这个过程，如果一下子知道了心想事成或者心想事不成也没什么意思了，人生的乐趣就在于不断的挖掘与探索中。

多年以前我就有了走不动的感觉，经常遇到人生的天花板，无奈的是始终找不到解决这种迷茫的办法和出路。有时想，怎么走不动了；有时想，你不走，怎么动。任何一条道路都可以走得很深，同一条道路也有各自不同的走法，但不在那个位置着实难以体会。自己在这种迷茫中已经走了许久许久，走得很辛苦以至于信心不足，不知何时是个尽头。记得某次现场听一位业内名家的讲座，他无意中露了一句：在遇到天花板时，有时我也怀疑过自己是不是搞这个行业的材料？呵呵，原来名家也有不自信的时候，走不动的原因是想不动，如醍醐灌顶。

我的骨子里是个学什么东西都非常慢的人，需要一遍一遍重复和巩固，这是造成这种辛苦的重要原因。我知道自己在这个年龄，人生观和价值观已经基本形成，任何人从本质上帮不了我。恺撒在三十岁的时候想到自己还一事无成，不禁潸然泪下。曾几何时，我好像“混混”，没有目标，浮躁得不得了。当然，我也知道，自己在很多方面一步步走向成熟，但这种成熟宛如蜘蛛结网，保护自己的同时也在束缚着自己，使自己长时间地欣喜和无奈。任何一次破茧成蝶都需要积蓄很大的力量，如何在困惑中积蓄力量以图改变和超越自我才是根本，才是每时每刻应该思考的课题。

中年以后

我想，在这个年龄段，应该为后半生打算打算了。林彪曾自我评价：上半生不好说，下半生说不好。意味深长。人的上半生受生理的影响是无法为自己打算的，主要还是以父母的打算为准，真正从小在战略上能为自己打算的毕竟是极少数，而且理想和现实之间有较长的距离，容易变化，受到很多因素的干扰，大多数人只能从战术上考虑，比如说成为一名数学家、大老板或者市长等等，最后能心想事成的更是极少极少数。而人到中年，好多事情都沉淀下来了，梦想渐渐淡去，这样再为自己规划的时候便会非常实际，虽然能不能达到是另外一回事，但毕竟可能性增加了许多。

下面，就为自己打算打算吧。怎么打算呢，我想了又想，觉得五个方面离不开。

身体。大范围讲应该把心灵的修炼包括进来，在这方面物质和精神是很难分开的，比如说某人胃病很厉害，则很有可能是受情绪的影响。小范围讲身体就是支撑我们日常生活的生理基础，是能保证你从事社会活动的根本，是生存的绝对意义。所以一定要爱护好身体，你对它好，它不一定会对你好，但是你对它不好，它一定不会对你好，因此应该把它当成机器一样，把日常维护作为习惯。“动静结合，阴阳之道”，每天一定要有固定的运动量，让运动成为生活中必须的行为才是积极健康的生活状态。书上说从前练武的人拜老师是要让老师摸一摸骨骼的，看看是不是练武的材料，所以对于多数人来讲，最基本的要求是身体的健康和机理的和谐，而不是健壮。慈禧说，年老时候的病都是年轻时招来的。从这个角度来讲，养生与锻炼应该越早越好。

金钱。钱不一定要写到脸上，但用的时候一定要有才行，不然会让人瞧不起，不管你拜金也好不拜金也好，世间的好多事需要从“钱上说”。金钱的拥有不一定要大富大贵，但要足够用，足够的意思绝对不是简单的衣食住行。世事难料，人有不测风云，有足够的钱便可以保证有足够的生存空间，便可以保证有足够的抵风御雨的能力。而如果把金钱作为价值的体现则更不是容易的事情，需要拥有的不是简单的努力能够做到的，更多的是个人的天分和命运的眷顾。在世间，偶尔挣点大钱不难，但要一直能够挣大钱则很难，如果不把挣钱当成一种事业的话也没有必要；在世间，虽然各个行业都充斥着各种类型的社会精英，挣点钱不容易，但聪明人能把钱挣到足够用也不是件太难的事情，毕竟社会在发展，国家的 GDP 在提高，“君子爱财，取之有道”，根据个人情况，把握各种机会，效果会远比想象的好得多。挣钱需要时间，需要过程，一夜暴富的机会虽然不少，但很少会在自己身上发生，所以功夫还是应该放到增收节支上，放到干事创业上，而不是摸彩票中大奖。拥有金钱是一种本领，而能够科学地分配金钱是一种更大的本领，“人死了，钱还在呢”是非常愚蠢的事情，如何合理分配金钱需要长期锻炼的智慧和经验。

女人。牵涉到女人便牵涉到情，情是个说不清的东西。有情就有惦记，有惦记时就有失魂落魄，好像病了一样，很难受。黄安这样唱过：“明明知道相思苦，偏偏对你牵肠挂肚，经过几许细思量，宁愿承受这痛苦……”伊藤博文也这样写过：“醉卧美人膝，醒握天下权。”男人在压力大的时候有个女人惦记可以轻松许多。金钱可以买来性，但买不来情，情只能靠上天的安排，男人在世间如果没有爱的女人或没有女人的爱是件很可悲的事情。遇到了对的人怎么看怎么好，在一起觉得没什么，不在一起就牵肠挂肚、坐卧不安，侯孝贤的很多电影里都有这种“相见亦无事，不来忽忆君”的场面。在一起有时觉得幸福很简单，就是“抓抓脚、说说话”，这种感觉想想都舒服。但那种简单往往却很难得，因为即使你遇到了对的人也不一定能持久。“你永远爱我吗”，说的人也只是说说，听的人也只是听听，谁能知道永远呢？正确的态度是，有的时候一定要珍惜，发生变化了也不要过于纠结，能做到这点不容易。两个人如果一辈子都能够“抓抓脚、说说话”那真是前世修来的莫大福分。

事业。事业有可能是工作、有可能是爱好，但也有可能两者都不是。举个例子：你的工作是公务员、爱好是爬山，而你的事业可能是终身对《清明上河图》的研究。世间大多数人当下干的事和喜欢干的事是两码事，但不管干什么总得在自己花了多年的精力和心血的那个领域做出些让人津津乐道的成绩来才行。简单地说，就是你的作品要有影响力，越大越好，越大就能影响更多的人，所谓“低调做人、高调做事”就是此意。事业可以成为安身立命的根本，可以成为茶余饭后的谈资，可以成为自己挺起腰板走路的信心。事业不在于你会做什么，而在于你把这件事做到了何种高度。在我们身边，不乏年过四十就开始退休、享受生活的成功人士，但年过五十，从零开始创业的人更多。这是社会大环境使然，这些人的精神可嘉，但很多人是为了混口饭吃或者为了提高生活质量，谈不上事业。当然，事业有成者也不一定能幸福一生，关键还是看生存的智慧。记得以前看《熊十力传》，不理解为什么哲学就是告诉人们怎样生活得更好的学问，而作为学界翘楚的熊大师晚景却如此凄惨。后来才悟到：此智慧不是彼智慧也。生存的智慧比什么都重要。

人脉。人脉可大可小，可长可短。它的意义远大于朋友，朋友只是人脉的一部分。“草草杯盘共笑语，昏昏灯火话平生”，年老了有几个多年的知心好友吃饭喝茶聊天打牌是件颇为幸福的事。你年龄越大，阅历越长，认识的人也就越多。如果你手机通讯录中的人数超过两千人，其中可能有很多人你一年都见不上一面，再仔细数数，或许你的知己连十个都没有，但怎么利用好这两千多人是个很大的本领。在任何地方人脉都是种巨大的资源，熟人好办事，善于利用人脉可以事半功倍。卡耐基说，成功来自百分之八十五的人脉关系，百分之十五的专业知识。当然，人脉有时也很脆弱和不可靠，“长恨人心不如水，等闲平地起波澜”，这样的事在以前、现在和将来不断反复发生，但“送人玫瑰之手，历久犹有余香”，你送别人的好，别人也会记着，说不定哪天就会有意想不到的回报。

岁月如梭，我们终将老去，从生理的角度来讲，阴气渐重，阳气渐弱，在老龄到来之前，作为一个有头脑的男人应该合理地拥有以上五方面的东西，这五个方面既是独立的也是相互联系的，只有这样，才能有效抵御寒冬的到来。

光阴匆匆似流水

多年前的一天，在作家张炜先生家里聊天，他说的一句话令我至今记忆犹新：人到了一定的年龄，会感觉时间过得越来越快。张先生大我许多，当时我并不理解其中的确切含意，等我到了先生的年龄，才发觉先生说这句话的真实感受。

我尚未步入老年，但也到了不大不小的年纪，每每虚长都如同太阳下山，唯一值得庆幸的是自己认知能力的提高。比如说今年春天我才知道原来布谷鸟的叫声有四声和两声的区别。我不是动物学家，不明白其中的道理，但知道这个事以后，莫名感到又不白长一岁，感到布谷鸟和周围的世界竟然是那么地熟悉和陌生。

孔子曰：朝闻道，夕死可矣。圣人所说的道和我们凡人理解的不一样，但道也有大小，也分高低，凡人的道虽然不至夕死可矣，但闻道了却也让人倍感欣喜。比如有了阅历以后，听到以前怀旧的歌曲，听到人家说“初闻不识曲中意，再听已是曲中人”，觉得还真是，很多事情，在外面看看也会被感动得泪流满面，但和亲身经历的刻骨铭心又不同。还有，过了一定的岁数，眼睛渐渐花起来，视力明显不如从前，已经不适合大量阅读，但每年都会遇到相见恨晚的书籍，相见恨晚。至于在多媒体平台上发现的合口味的信息则更多，温铁军、王东岳、刘丰等学术界名家在视频上的口若悬河也让平时自觉知识并不贫乏的我大开眼界。

认知的提高会让自己觉得观念仍在不断改变，真理不是永恒的，所谓“变才是永远不变的”。没有一个人会陪伴你一辈子，没有一个环境会让你舒适一生。迅速地适应人和环境是一种必需的生存能力，“识时务者为俊杰”是个褒义词，世界的变化不会因为你年龄的变大而对你有所包容，人的多面和复杂也让你永远预测不到明天会发生什么。希望还是要有，也必须有，没有便没了生活的动力，失去了生活的意义，但也不能天天做梦，天天做梦是不成熟的表现。人不管活多大年纪，只要不死，就会有喜怒哀乐，就充满了不确定性，这和年龄没有关系。并不是所有人回忆童年都是幸福的，也并不是所有人老年都是安逸的，人与人不一样，有的人越活越聪明，有的人越活越糊涂，只是年龄大了，经历得多了，相对来说，稳定了些，因为大多数人没有那么多的精力和热情再去情绪化，没有那么多的力气再去心累身累而已。

随着年龄的增大，各方面越来越不如年轻的时候，圣人常人皆是无奈，应该理性看待和接受，这是人正常的生理现象。只要为人，“生、老、病、死”就是其根本的属性，是避不开的，正确的处理才是最不容易犯错和最明白的做法，不管内心痛苦还是高兴。你可以从李渔、张岱、袁枚、沈复那些大师的文章里借鉴该怎么样生活，但如果想真正地去掉哀与愁，那只有跟着阳明先生学或者走进宗教去修炼，是一件十分艰难的事情，没有强烈的兴趣或信仰，做不来。

回头想想，一个人从娘胎里出来的时候就有了很多与众不同的天分和缺陷，这些天分和缺陷并不完全可以靠个人的努力能够校正，和你再亲近的人也只能发现一部分，最了解自己的还是自己。人的一生如同开车，会遇到许许多多的十字路口，每到一个路口，很多人都是十分小心的，这是人性所在；每到一个路口，这些天分和缺陷都在默默起作用，或者推你或者挡你，很多人走错了路基本上是由于判断失误，而不是粗心大意所致。

过去的已经无法重来，将来的可以追求，至于能不能达到目标也无须过分执着，努力能起一部分作用，凤凰涅槃、提高维度、改变阶层那可不是光努力能够解决得了的，需要的东西很多很多。

“光阴匆匆似流水，它一去不再回……”崔健的《浪子归》唱哭了整整一代人，木杰的《醉过多少回》今年又在抖音上火了一把，关于光阴的故事或许是各个领域的艺术家们最能打动人心的共同话题。

三年时光

近几年的疫情百年不遇，这种不可抗力也带来一些好处，比如可以静下心来读不少难啃的书籍。俗话说：读万卷书，行万里路。因为疫情，大家都放慢甚至停留了脚步，那意味着是行不了万里路的，只能读万卷书，增加更多更深的认知，才可以从心理上抚慰一下转瞬即逝的时光。再比如可以在独特的视角下反观自己。人应该在多种情形和角度下反观自己，这样才能清楚地看清自己，少犯错误，更加成熟稳重，以期行有所得。

光阴荏苒，转眼间已经到了“奔五”的年龄。所谓“英雄末路，美人迟暮”是人间极悲催的事情，尽管自己不是英雄，但有些事情到不了那个年龄不会去想。现在极不愿过年，其中一个原因就是，每到过年就有数不清的种种聚会，不愿参加聚会的原因并不是自己混得不好，而是不愿见到同龄人那张张暮气的表情，好像对什么都失去了兴趣。记得刚参加工作那会儿，每当接到同学聚会的邀请，提前好久心里就兴奋，不知道哪位哪位同学的身上又有何等的变化，聚会时看到每个人身上那张充满年轻、朝气、好奇以及对未来憧憬的脸，相互聊着对方不知道的新鲜话题和独特的人生体验，心里猜测着各人数年后又会有什么样的不同。然而，现在不会再有这种兴奋，因为这时大多数人已经定型，大多数人到老应该不会再有多大的变化，大多数人的脸上充满着无聊与无奈，命运的力量已经让每个充满雄心壮志去搏杀的人身心疲惫。人们都是潜意识在操控自己的人生，而自己却称其为宿命，这样的聚会尽管不能说没有意义，但怎么能不失去兴趣？

“烈士暮年，壮心不已”，如此磅礴的诗句也只有像孟德这样的大英雄才有过。时间能够打败一切，记得周星驰和马云对话，说得最多的就是：好多事没有机会了，没有时间了。对于搞艺术的人没有了创造力也就意味着其艺术生命的结束，是比失去自由还要难受的事情，没有时间了到哪儿再去发掘和孕育创造力呢？看史料记载，毛主席到了晚年也经常流泪，那可能是老人在时间面前的无奈，如果上天再给一百年，老人家又会干出多少惊天动地的事业来呢。

工作的缘故，我接触过很多各行各业的杰出人才，“漫仕平生四方走，多与英才并肩肘”，自己的兴趣也与古人颇有暗合处。他们在百度百科里都有着让人艳羡的词条，但与其接触多了，距离近了，知道这些人在生活中和常人无异，有一种作品和人大相径庭的感觉，他们一样吃喝拉撒和喜怒哀乐，处理人事的能力不比他人强出多少，但其作品却让人感觉仿佛是鬼斧神工，是人神同体。用周星驰的话说就是：别逼我出手，如果我出手的话连我自己都害怕。看人看事看书多了，就明白人与人的差距是巨大的，这种差距甚至能让人感到绝望。我们所观察到的这个世界也是有局限的世界，并不是非常客观。人与人比，首先比的是天力，其次才是努力，就像柏辽兹说的，幸运地拥有天赋还不够，你必须有走运的天赋。

自私是人的属性，不应当带有丝毫的贬义。“人人为我，我为人人”是从佛家用语中演绎过来的话，有着非常深刻的道理。一个人在社会上待的时间越长，就会感觉到有越来越多的事情任何人都代替不了自己，冷暖寒凉只有自己体会得最深刻，别人帮不了。大多时候你以为的惊天动地生无可恋的伤痛，在别人眼里不过是随手拂过的尘埃。我曾亲眼看到一位相当级别的老干部在一个寒风料峭的清晨独自去买早餐茕茕孑立的景象，这位老干部的老伴已经在医院的病房里成为植物人躺了十几年，而迫于子女和世俗的眼光，他也没有再找老伴，有谁能体会老人心中的苦楚，有谁知道老人当年的叱咤风云。换一种思维，老人会有另外一种活法，得失利弊，究竟怎样才算好，这个很难有标准的答案。

人生可以分成很多阶段，在每个阶段的很多时候，都有“走不动”的感觉，相信这种感觉在多数人身上曾经有过。记得柴静采访周星驰：有人说你在不断重复自己的东西，是不是已经江郎才尽了呢？星爷坦言：这话在二十年前就有人说过了。每当想起这样的场景，我都感到不知如何是好，那种设身处地的迷茫无法与人诉说，后来才明白，人们总是用大把时间迷茫，几个瞬间成长。人最痛苦的时候不是在走路，而是这条路走不通了，而其他的路又没有。但静心想想也无所谓，活着本身就是人生的意义，我们要学会认清现实，学会此一时也、彼一时也，学会物来顺应和角色转换，自然地接受自己的失败甚至平庸。说到底，人生到头来无非也就是柴米油盐酱醋茶、琴棋书画诗酒花。

今夜月儿圆

好久没有走进大学了，以前这里是我经常锻炼身心的地方。今夜我又走进这宁静的校园里，望着天空中银盘似的月亮、听着手机里的音乐——《乌兰巴托的夜》、看着行色匆匆的莘莘学子，宛若回到三十年前。

这片校园是我年轻时就十分喜爱光顾的地方，那时的我是比在校学生大不了几岁的年龄，和他们一样意气风发、一样朝气蓬勃，对将来充满了渴望，相信只要耕耘就会有成果，只要付出就会有收获，有种谁也不服的倔强精神。然而白驹过隙，三十年过去了，我已经被岁月揉搓得两鬓斑白，脸上的皱纹深如沟壑。三十年回首，哦，原来人生不是当初想象的那个样子。三十年回首，人生是个什么样子呢？亲爱的学子们，让我向你们慢慢道来。

每个学校的毕业季，学校里都会举行毕业典礼，校长都会发表感人的毕业致辞，有些话让人听了以后感到情真意切、热血沸腾。好像每个学生只要努力奋斗就会干出一番雄伟的事业，就会在历史上留下深深的足迹。即便不说，你们也知道人生有很多的困难和风雨，但你们不怕，你们想象着只要克服这些，风雨过后就是美丽的彩虹。但我要告诉你们，真实的人生不是这个样子的，那些华美的致辞再情真意切大多也只是偏重于祝福的煽情，或者赚些懵懂的眼泪。事实的真相是，人生的风雨要远大于你们的想象，风雨过后可能是更大的风雨，灾难之后可能是更大的灾难，有些努力可能让你们早早地望见了尽头而无法突破，有些无奈可能让你们终生看不到希望，无法抬头。

对于大多数学生来讲，出身都是老百姓，最大的愿望就是成功，那么成功的主要条件是什么呢？你们可能会异口同声地说，是智商和情商。如果没有把学历或其他的什么条件说出来，我就要为你们点个赞，我不会否认智商和情商的主要作用，任何成功的背后都需要有智慧的支撑，还有身体的健康。但我要告诉你们，这些远远不够，这些只能算基本因素，排除它们之外，更主要的是对人性的洞察、认知的提升和心理的茁壮。或许你们不会同意我的观点，那我只能说你们没有深入思考，没有遇到过天大的问题；如果你们同意我的观点，排除运气的因素，你们就可以想象社会对于成功这个概念筛选的苛刻程度。

人类只是大自然的一部分，大自然有它自己的运行规律，生命的规律只能服从于自然的规律，“人定胜天”

从某个角度上讲简直就是个玩笑。谁能解释一个善良、聪慧、人见人爱的年轻生命会因为一个极小概率的事件而终结？或许你们会说人生的很多命题都无法解释，但我觉得那是不负责任的行为，事情的发生总有它发生的缘由。对于将来我觉得还是有位哲人说得好，既不要乐观也不要悲观，要达观。这种说法比较科学准确，但是对于达观，几个又能理解得了，几个能做得到？对于生命中的无常，你只能接受，用不幸来磨炼自己的心智，尽可能地变坏事为好事，没有其他更好的办法。时间会使很多东西发生变化，但并不是都往好的方向变，有些个人能够控制，有些控制不了，控制不了的躺平不是最好的选择，“兵来将挡，水来土掩”才是正确心态。

年轻时我很羡慕那些才智超群的人，觉得他们是天之骄子，是命运的宠儿，是对社会对人类有贡献的人。现在我不那么想了，有些人没什么才华，一生平常，看惯了他人的白眼，但如果让他聊聊自己的故事，你会由衷赞叹，就像《活着》中的徐福贵，就像《芙蓉镇》中的秦书田。你觉得如果自己经历那些，会死过一百回了，排除基因的因素以外，那种顽强的生命力值得千万人学习。人的价值应当从多维度来考虑，常识比知识还重要，不能光考虑对社会的贡献，那样终究片面肤浅。有时候，平平淡淡过一生也是种奢侈，自己把自己照顾好也是项本领。

随着岁月的增加，你们会发现，有些老年人的话语比他们年轻时少很多，那是经历了太多的缘故，这个事情不存在好坏的问题，就如同年纪大了眼会花一样，是人正常的生理现象，只要有意识地克服和改善就行了；随着岁月的流逝，你们会发现，人生的不完美是正常的，如果一个人的人生百无挑剔、顺风顺水，那反而有可能会出大问题。三十年后，不管你们是功成名就还是碌碌平庸，再回忆一下我的这篇文章，仔细观察一下身边的人和事，或许会唏嘘命运的捉弄，默默地看着花想着我的话。

Part 2

泰山岩岩

“泰山岩岩，鲁邦所詹。”二十年前在泰山脚底下读过书，二十年后又来到了泰山的脚下，这一天是端午节。

读书的时候对于二十年后的事情，想都没有想过，做梦都不会知道有怎样的工作、怎样的老婆和孩子、怎样的社会环境。其实想也没有用，谁能预知二十年以后的事情？但是不知怎么现在的我却看到了二十年以后自己的样子。二十年啊，对于泰山来讲，只是风化了点点皮毛，在普通人身上却会有多少大大小小的故事发生。

说来也巧，十年前结婚后旅行的第一站就是泰山；说来也怪，这十年和那十年的感受竟然有很大的不同。回想起来，年轻所拥有的最大好处就是拥有希望，如春天般欣欣向荣，这便是向上的信心和创新的动力。过来人大概都会有这样相同的感受。

每个人隔上一段时间再回到从前待过的地方，如果当时的那些风景都还在，而且没什么大的变化，常常感觉时光倒流，这也是有历史感的景物能吸引人的魅力所在。“今年元夜时，月与灯依旧。不见去年人，泪湿春衫袖。”经历是一种资本，也是作家创作作品的最大源泉。睹物思人，看到旧物，平时想不起来的事情又如同过电影一样历历在目，而且是那样清晰。人生的酸甜苦辣中，真不知怀旧到底是属于哪一种，是伤感还是快乐？绵厚的味道是属于怀旧的，惆怅的味道是属于怀旧的，所以从这方面来讲，为了能够更好怀旧，我经常有意识地留下些诸如照片、影像、墨迹、文字之类的东西，因为这些东西会在将来唤醒压在脑底的深层次的记忆。

过去上学的时候，有篇课文——《雨中登泰山》，初次遇到这篇文章时我还没有见过泰山，应该说那样的文字水平，在思想性和艺术性上固然有些不足、缺乏高度，但文章的情景写得丰厚真实，作为指导中学生写作的范本，也算恰当。有时，艺术打动人的往往不是技巧，而是自然地流露，就像古代的一些书法精品，流传下来的往往是书法家的信札或便函类的东西。我想大概很多学生是从读到这篇课文时才开始知道泰山，并且把其作为此生体会人生和自然的一个对象。但到了泰山才真正感觉，它不一定如文章中写得美丽，因为人的想象要比现实丰富得多，正所谓“看景不如听景”。人生就好比登山，你所做的只能是要求自己不要停下来，不要被路边的景色所诱惑，以至耽误行程，至于你能爬多高，往往是不以个人意志为转移的，因为它要受到很多因素的制约，比如说个人的意志和体力、所带的水和食物的多少，以及后面行程的险峻程度、天气的变化情况等等。曾经有个记者采访某法师，说你们也拜佛，社会上好多人也很“佛系”，有什么区别呢？法师说，只有一个字的区别，我们是随缘，他们是随便。随缘就是“尽人事，听天命”，修行一定要努力，至于结果如何，不必过分纠结；随便就是不努力，躺平了，爱怎么地怎么地吧。这真是了不得的见解。这样的见解和爬山一样，努力攀登，做好自己，能到多高的程度，顺其自然。

二十年以后泰山应该依然是现在的样子，而我们这批中年人都将老去，理想逐渐黯淡，期盼越来越少，大部分人或大或小的已经找到了自己安身立命的方向，生活的依据主要是靠经验而不是知识了，各方面更多的是在走下坡路。尽管我们身边也有像王石、张兰那样到了老年依然激情澎湃、充满活力的人，但毕竟是少数。有那种精神的人，在成长中必须要不断地改变观念和习惯。改变的手段有很多，比如说读书、做事、交友、旅游、禅修等等，这些手段贯穿于人与大自然、人与人的斗争之中，尽管不是件容易的事，但只要你用心，进步总是在不知不觉中进行，人也是在进步中变得更有力量。“为者常成，行者常至”，“日拱一卒，功不唐捐”，不管是儒家还是佛家，细细想来，讲的都是同样的道理。

星巴克看雨

来过星巴克好多次了，都是晴天，这一次，大雨。

店里的营业员正在打瞌睡，与往常热闹嘈杂的景象形成鲜明的对比。客人也没几个，有的在低声聊天，有的在笔记本电脑上敲打着文字，有的在无聊地看着雨景，在这不多的几个客人中，我觉得肯定有人和我一样，也是为了看雨走进的星巴克。

我要了一杯大号的拿铁，在星巴克里坐了许久，望着窗外从天空中飘散开来的硕大雨点，仿佛在成都方所书店观看循环变化的多媒体影像，浮想联翩……

我曾经很有耐心地在不同的地点观察过不同的人群，发现不少人的一生是在相当多无聊的时间中度过的，多数是被动接受，少数是主动享受。无聊之于不同的人，有不同的感受。多数人认为那是在浪费时间，但浪费时间对于一些人来说也是享受，尤其是喜欢安静的人，他们可以把脑子腾出来进入一种自我安慰的状态，不用去计较工作和生活上的困难，不用去思考人生解不开的问题，不用去理会利与名的诱惑，把自身置于类似冥想的状态之中，轻松而自由，没有任何压力，这样的效果就和在大山大水中一样。记得那年在乌镇，满茶座的人都在听评弹，戏台上的人似有若无地唱着，台下的人似有若无地听着，有的人已经进入半睡眠状态，至于台上的人唱得好不好、对不对，已无关紧要，要的是那种“也无风雨也无晴”的气氛，这就是老百姓的平常日子，这就是平淡是真、平安是福的最好体现。

很多人认为中国幸福指数最高的省份是四川，我十分认同。在那里，每到周末，江边喝茶的便形成北方绝不会看到的景观。第一次到锦江，看着两岸密密麻麻的或在聊天或在发呆的人群，我很纳闷，在哪里不能喝，都要聚到这里？后来知道，蜀人要的是那种氛围，蜀人血液里流淌着祖辈多年传下来的悠闲和散淡。

……

看着雨中零散的行人，看着氤氲的雨景，忽而想到人生的不易。人的一生是个过程，这个过程起起落落。细细想想，人这辈子好时候不多，有的幼年磨难，有的中年辛苦，有的晚年凄凉。生存的智慧真的是一门很大的学问，它和你的背景、学历、专长等没有关系，它不是显学，很多才华横溢的大师终生潦倒落魄。土豪们爱说，只要用钱能摆平的事，那都不叫事。这个意思其实是说世界上有很多事用钱摆不平。

在我们身边有很多很多平凡而聪明的人，很多。他们的智慧让我感叹如果命运眷顾一下，或换个平台，他们会做出相当大的成绩，以至于彪炳史册。然而这些聪明人中的不少人的结局却非常悲惨，令人不解，不知道为什么有那么大智慧的人会照顾不了自己，不能独善其身，最后的解释甚至很难从唯物的方面找出理由，只能寄托于宗教。我觉得儒家讲“修、齐、治、平”，这个最基础的“修”字，才是最难的。

生活的规律好像应该是这样，随着年龄的增长，对于世界的观察和世故的了解越来越清晰，对于事情的把握越来越游刃有余，抵御各方面的风险也更有力量，就好像爬山一样，越爬越高才对，然而现实并不是这样，你以为还没有到来的机会很可能早已经过去，而且永不再来。仔细观察身边的人，有些是越活越精彩，有些，嗯，很多人，用我们地方话说，是越活越瘪瘪。这瘪瘪的原因有的来源于命运的不济，有的来源于自身的把握，后者更让人叹息和困惑。

“人生一世，草木一秋”，人生的几十年转瞬即逝，每个年龄段都有每个年龄段的困难，回头看看，常常是当年的问题今天还是没有办法解决。人的智慧并不是随着年龄的增大越来越高，年龄的增大只是多了经验，却少了勇气，虽然无奈，但是规律。

……如果有机会，希望你，也在大雨中走进一次星巴克。

关于爱情

我知道

时光会冲淡我对你的记忆

但冲淡不了

和你在一起的最好时光

——题记

爱情虽然不是人类特有的东西，却是古今中外人们谈不尽的美好话题。成熟的爱情应当是在成熟的年龄以后，如果具体一点的话，应该是，十八岁。人跟人不一样，有的人早一点有的人晚一点；有的人心里有了人，其他人便很难走进他的心里，而有的人心里可以放下好几个人；有的人恋爱是以结婚为目的，有的人只是为了享受恋爱这个过程等等等等不一而论。好多人青梅竹马，那种懵懂的男女好感和爱情并不是一回事，顶多只是爱情的幼儿园。如果想对爱情把握得好一点，应当首先对人性有较深的洞察，知道什么是性、什么是情、什么是爱，这不是件小事情，也不是件容易的事情，它决定着一个人的终身幸福。在这个世界上，找个对的人很不容易，而对于某些人来讲，对的人往往可能还不止一个，不会在一个时间点出现。谁知道哪个地方是山峦，哪个地方是深渊呢？对于这种复杂的事情，多数人以缘分来解释，什么是缘分，简单地理解就是非人力所能左右的上天安排。

再坚强的男人也喜欢在他所爱的女人面前表现出可

怜，这就如同女人喜欢在她所爱的男人面前撒娇一样。找到了对的人，那种感觉就是和他在一起怎么都好、怎么都对，他就是我的菜。不见想他，见了也想他，和他在一起死了都值。有人说过，人在两种情况下最容易自杀，一种是遇到了大苦难，觉得怎么都挺不过去了，死了是最好的解脱；一种是遇到了大幸福，觉得以后再也不会遇到了，在幸福中死去也是种幸福。有兴趣的人遇到以上这两种情况时可以留心一下，这两种感觉有时自然而然就来了，来了的时候自己很难控制自己。以前不理解为什么年轻人有那么多殉情的，为什么有的人到了很老的年纪还要私奔，成熟以后经历过几段感情的波折，这些事都会明白。

孙中山说：此生最爱的是革命和女人。说这话的是伟人，但如果说此生最爱的是金钱和女人，那就是凡人，伟人和凡人的区别就在这里。虽然在这个世界上也有宗教徒和禁欲主义者，但那是另外一说。大风流者往往是大能耐的人，能不被风流束缚住更需要心理的健壮，所以有将军“冲冠一怒为红颜”，但将军殉情的不多，因为他有更重要的事情要做，因为他的心理比常人要茁壮、抵抗力要强，更耐压。

佛说：无常是常。爱情属于这话的典型表象。世界上一辈子相濡以沫、恩爱百年的夫妻有，极少数；一辈子形同路人，搭伙为生的也不多。多数的爱情变成了亲情，爱人变成了亲人。爱情是社会的产物，不可避免会受到社会上很多因素的影响，比如年龄、背景、亲情、金钱、伦理、政治、能力、信仰等等。离婚的时候经常说的话是：感情破裂。什么是感情破裂？为什么会感情破裂？说不清楚，谁也说不清楚，还是用那句缘分已尽来解释比较好。

关于爱情，我想说一些实话。

爱情是非常重要的。好多男女因为失恋“三观”发生了改变，对爱情的美好产生了质疑，这有时是命运给成年人上的第一堂课，设的第一个劫，一定要坚信爱情的美好，要过这一关，你的心理才会增加砺练，会更加健康。不管你出身贫贱还是富贵世家，不管你正值青春还是已进入耄耋，不管你一生顺畅还是命运多舛，也不管你是从一而终还是花开几度，当爱情到来时，那都是你一辈子的最好时光。

爱情是不可控的。“百年修得同船渡，千年修得共枕眠”，当你爱上一个人的时候，由于某些原因可能从理智上你决定不会和她在一起，但是从情感上你还会喜欢她，因为她的举手投足、一颦一笑都是让你高兴的事情，天底下有几个能让自己高兴的人呢，至少是不会轻易遇到，所以就很难舍弃。恋爱之前可能会想象着自己去找一个怎样的人，而一旦真的恋爱了就是两个样子。

爱情不是唯一的。有句歌词叫“到哪里去找那么好的人”，好像世界上对我最好的人就这一个，以后永远不会再有了，这肯定是偏激和不理性的。人这一辈子遇到对的人不容易，但只要努力去找，在社会如此开放的今天，肯定不会只有一个。遇到了对的人，没话也想找话说；遇到了不对的人，有话也不想说。谁都愿意找一个对的人厮守终生，但命运不一定会按你的意思来进行安排，不一定会给你安排最合适的。正确的选择是来的时候要努力抓住，过去了也不要太留恋，更不能沉溺其中欲生欲死而无法自拔。

爱情不是不变的。“想你了”“我也是”，简单的话中蕴含着无限的爱恋，有个从心底里挂念自己的人真是种幸福，但再亲密的爱人这话也不会说一辈子。爱情的神秘与美好就在于感觉的不可控，但这种不可控有时也会令人伤心与无奈。“虞兮虞兮奈若何”，霸王的那种无奈正常的理解好像是刘邦的原因，其实也可能是虞姬的缘故，到时候“怎么办呀”会成为很多男女从心底发出的感叹。

爱情是无法用对错来评价的。以前严凤英演过一部黄梅戏叫《小辞店》，是根据安徽某个地方发生的真实事件改编，情节曲折复杂，主要讲的是发生在两个男女主人公身上婚外情的故事。对于这种社会所不能接受的不道德的事情，戏中没有做任何评价，反而是男女主人公之间的爱情引人入胜、感人至深，让不少人泪流满面、难以忘怀。故事最终以悲剧结局，戏中到底谁错了呢？在爱情面前，有时道德，甚至法律也显得无能为力。

关于爱情，永远是个说不清说不尽说不完的话题，谁也不知道明天和意外哪一个先来，遇到想爱的人就好好地爱吧，不要想那么多，一辈子有场轰轰烈烈的爱情绝对值得。

抬枪鞴马杀出来

人生是个过程，在这个过程中有太多的快乐与悲伤，有太多的清醒与迷茫；在这个过程中，人往往当局者迷，太投入，太看重自己，失去得反而更多。这个过程是在不断的变化之中，坦然地适应变化、接受变化、喜欢变化才是常态，是上上之举。如果以出世的心态看待自己，大概会更轻松些，会更有所得。你应该知道，对于这个世界来讲，你没有那么重要，但很多人都难做到这一点。所以人必须要经常地沉下来、稳下来、隐下来，这样的目的是观人看事更加清晰，能更好地积蓄力量，以便机会合适时回报社会。回报社会才是事业的目的所在，也就是说生存应该有三个境界：给自己、给别人、给世界。

每一个有点成绩的人都有他的过人之处，用句网络语言：风光的背后不是沧桑就是肮脏。我们身边的很多人都很聪明，但智慧和智商是两码事，和文化更是两码事。这些聪明人中不乏学贯中西的年轻才俊，也有初中没有毕业的各界草根，每个人都有各自的天分，如果有好事者对其深入研究，会发现不少名不见经传的人都可以树碑。天分有大小之别，但不管大小，我们切切不能依赖各自的天分，那至少是懒惰的表现。天主教把懒惰归入人类恶行的七大原罪之一，因为这种原罪会引发其他罪行的发生，是很有道理的。人的天性是懒惰的，是好逸恶劳的。举个例子：比如人一旦掌握了某个手艺，或者进入某个行当，除了被生活所迫，或者有大的人生变故发生，大体上终身便从事着这份职业了。有些人在单位熟悉几年，混日子的时间便占据了工作的很大部分，而这往往是这些人一生碌碌无为的开始，如凯文·史派西所说的，来到世间徒占位置罢了。

人与人有很大的不同，多数人走不通的路，一些人往往又能走得通；大家看好的阳关大道，一些人往往又走成了死胡同，这也是人们常说的世事如棋。莫说别人，自己把自己看全面也不是一件容易的事情。经济学家投资失误，哲学家过不好安稳日子是常有的事，有些道理怎么也说不清，也没有人能说得清。所以说，即便有能耐的成功人士也不要忘了自己多方面的无能，自己的那点成功大概率靠的是运气。这个道理人人都懂，做到真不容易。

年纪大了以后，常常喜欢怀旧，怀旧可以对比过去，但更明智的应当是观照未来；年纪大了以后，接受新鲜事物的能力和求知欲越来越小，这是客观规律，也是为什么人到了一定岁数便基本上不会有大的改变的原因，但越是这样越是要逆风而行，越是要不按常理出牌，才能有所成就。人要有野心，没有野心做不成事情，正所谓：心有多大，舞台就有多大。只不过有时野心会成为负担，让人变得非常浮躁，如何平衡脚踏实地与远大目标的关系是个本领。

记得以前看冯唐的《大寿》，是写给他自己的四十岁，通篇酣畅淋漓，我看了一遍又一遍，文是好文，理是好理，总感觉他的人生观点消沉了些；又记得以前看电影，武侠片镜头中经常出现的英雄人物，被包围在万马群中，浑身是血，遍体鳞伤，最终以盖世的武功杀出重围，这时，心中常有莫名的兴奋。蓦然回首，自己也过了不惑之年，各方面的问题总让人觉得生活万般艰辛，稍有不慎就有可能身败名裂、烈火焚身，面对着重重的压力，所希望的是能够像那些英雄一样，找机会、等机会，抬枪鞴马杀出来……

生存状态

生活在一种生存状态下，而这种生存状态又能够提供给其相当的物质和精神保障时，人们往往囿于其中，且不说打破这种状态需要付出艰辛的努力，单就其可能承担的风险就足以让人止步不前。不满足于现状可以产生积极的力量，但这种积极的力量在没有恰当机会和足够能力的前提下只能表现为浮躁，对于这一点，罗曼·罗兰说得好：认识一个限度、安于这个限度。这是智者之语。有时我想安于现状是由于人的天性所致，其实也并不完全是这个原因。

我经常有目的地把身边一些人罗列起来，这些人的年龄、职业、性别、家庭背景、生活环境等大致相同，我发现他们的生存状态有很大的差距。就如两个同时代的伟大作家，他们的作品迥异，有的引人入胜，有的不忍卒读一样。当然，不喜欢看的作品不一定不是好作品，就好像你不喜欢吃的食品营养价值不一定低、就好像一些美丽善良的淑女并不一定和你这样的人合得来一样。我常常思考产生这种不同的原因，答案很复杂，但这是件很有意思的事情。我也常常在这种分析判断中来考虑价值的取舍，以人为镜，校正自己。

状态对于个人来讲是非常重要的，它的分量不亚于生死。艺术家不在艺术状态中就出不来好作品，运动员发挥不好本来拿金牌的可能连铜牌都拿不了，在某些领域，这种差异要比我用语言叙述的大得多，由此而造成了人类生存的多面性。状态是一种情绪、氛围和思维方式，对于这个问题，即便是心理学家或社会学家的解释也各不相同。当代富饶文明的社会为我们提供了多种多样的生活方式或者说生存状态，人们的思想观念正在悄悄地发生着巨大的改变，或许这就是人类所追求的自由。谁也无法预知将来的社会随着经济的发展和文明的进步变成什么样子，但有一点可以肯定，那就是人们生活的自由度将会更大。

人人都有理想，在理想的召唤下，人们努力挖掘着自己的剩余价值，努力韬光养晦。什么是理想？就是将来我要过上什么样的生活，就是按照自己所想的生活一生，简单地说就是将来的生存状态。理想不一定能够实现，因为它需要足够的力量，而这个不是光靠努力就能够解决的。尽管我没有六十岁，但我知道如果一个人到了花甲之年还不知道自己这一辈子能干什么，适合干什么，命运安排自己干了什么，那这人这一生也算白活。人如果没有收拾残局的本事，最好不要放纵自己，能及时地给自己定位，并且定位准确的人肯定是个智者，他的生存状态相对来说可能不是很高，但肯定很合适，这就足够了。

电影《手机》里的主人公有句台词：结婚多少年是个槛。简单的话语让我的心灵产生了触动，我改了一下：人生多少年是个槛。人的生存状态是在不断改变的，如何变和怎么变是每一个人终生思考的问题，它牵扯到的因素比较多，需要量的积累，需要处心积虑，需要厚积薄发，需要百炼钢化作绕指柔。光想着不行，但不想更不行。尽快进入状态可以做出很多成绩，但每个人又有每个人的不同，过分着眼于成绩又容易形成压力，长时间的压力往往使人焦灼，以至产生些无奈。无奈也是一种状态，这种状态存在于大多数人的生活之中，只不过有的人在无奈中堕落，有的人在无奈中进步，有的人在无奈中等待。“当你的水平还驾驭不了你的目标时，就应该沉下心来历练。”莫言的名言或许是对付无奈最好的办法。

在一些伟人身上多多少少都有点儿堂吉诃德式的精神，如曾国藩的“屡败屡战”，孙中山的“革命尚未成功，同志仍须努力”，毛泽东的“星星之火，可以燎原”，等等，不管是筚路蓝缕还是深陷恶境，这些伟人都坚持着他们的信念，并保持着乐观向上的状态。这些看似简短的字句后面有着常人难以想象的丰厚的文化支撑和自信，这种执着勇敢、不怕困难的精神也广泛地散布于国人的骨血里，它使得我们的生活一天比一天好，使得我们这个民族得以优秀。说这两句，有人可能认为跑题了，其实，没有。

我爱碧螺春

很多人把人生的终极目的定位于享受人生的过程，这样很好，但又因为这样那样的诱惑而极少人能够做到，在这些诱惑中金钱是主要的一种。举个例子，在我的身边有很多富有的企业家，这些人因为业务需要经常有出差的机会，然而到了异地他们却从没有游山玩水的经历，或许没有兴趣，或许没有时间，总而言之，脑子里没有那个概念——因为赶着去挣钱。你可以讲，这些人很敬业，但常人能够轻易得到的享受，他们却简单地放弃了，我觉得，对于人生来讲，这终究是种遗憾。四十岁的人还没有去过大理，没有去过漓江，不知道在这个世界上有的地方一年三百六十五天，天天都是春天，不知道清澈见底的浅浅水湾也可以行船，不知道上帝赋予了人类那么多的自然恩宠，那个银行账户上的数字再多又有什么意义呢。当人们执着于某项心爱的事业，时间长了往往容易把自己的身心和这项事业融于一体。记得某位围棋国手在某次大赛上输掉棋后想，假如能赢得这场比赛甚至可以缩短自己的生命，这样的境界，说句有深度的话，叫天人合一，这样的结果，却往往是当局者迷。

人们应当经常地检讨自己，看看自己是否由于过多专注于某些东西而丢失了更重要的某些东西；看看自己是否正在犯着很多人已经犯过的和正在犯的那些错误。台湾作家龙应台给她远在德国住高档社区的二十一岁青春期儿子安德烈的书信中写道：对我最重要的，安德烈，不是你是否有成就，而是你是否快乐。说出了天底下大部分母亲的心愿，说出了生活的本质。养生学者曲黎敏说：这是个忙碌的世界，大家都为了生计在奔波，但一定要常停下脚步来四处看看，看看一路的风景。说白了，人要自省，要想明白人生的意义，不要为了所谓的目标丧失了内心真正想要的东西。人类的发展是没有尽头的，无论是物质的还是精神的，很多企业家都在感叹：钱挣多少才是个头？然而在这如过江之鲫的奔跑中，不要忘记，更重要的是这个奔跑的苦与乐、路边的景色以及无法复制的心路历程等等，这些应该远比账户上那个数字更为重要。

如果从物质的角度来讲，人的生存档次大致分为五类，即贫穷、温饱、小康、富裕、资本，人数逐级递减，能达到顶层属于凤毛麟角。但无论是否能够达到，这可以作为我们向前发展的目标，成为我们进步的动力。在个人的发展与进步中，压力是不可缺少的积极的润滑剂，但当压力过大以至变成焦虑的时候，就成了生存的负担，“乐天知命”后再多加努力才是正确的处世之道。

人到中年，大多数人的日子变数不会很大。年轻的时候拼命想掌握更多的技能，后来才知道再高的技能也不如生存的智慧，再高的智慧也不如命运的眷顾；年轻的时候想着明天会更好，只要努力奋斗终究会获得幸福，而现实却是有了耕耘并不一定有收获。人的思想观念在不知不觉地变化着，在不同的年龄段会有不同的想法，本以为越活越明白，却可能越活越糊涂。我们不管干什么都应该有个原则：往最好处努力，做最坏处打算。这与文天祥被围城时的名言“存心时时可死，行事步步求生”有着异曲同工之理。平时我喜欢喝茶，茉莉也可以、铁观音也可以，然而我更爱的还是碧螺春，酽酽味道过后是淡远的清香，不温不火，沉静悠然。

活到老　学到老

“老”在很多地方，尤其是农村，有“死”的意思。记得小时候，老家来人，告诉父母，“×××老了”，为了避讳，其实就是说“×××死了”。所以从这个意义上讲，“活到老，学到老”，就是“活到死，学到死”。虽然“活到死，学到死”话糙理不糙，但是我们做事还是尽量要做到话不糙理不糙、良药不苦口才好，还是要说“活到老，学到老”。

最近，有机会去某大学进行了为期十天的业务培训，望着校园里那些意气风发的年轻学生，觉得自己这个年龄又重新回到课堂，正应了“活到老，学到老”这句话，仿佛时光倒流，不知今夕何夕。

培训课程设置的内容很广泛，这也给了教与学更加宽广的空间。教师讲课就是告诉学生如何在这个领域以自己的视角看待问题，你的看法是否和老师有异同以及在老师的这个角度可以汲取什么等等。少年做学生时主要的任务是学习，成人培训更多的目的应该是交流和沟通。所谓“教学相长”这四个字更适用于成人。虽然人与人不一样，但十天的培训让我增添了几处观察各种问题的角度，也让自己的“三观”发生了细微的改变。学生和老师的年龄都不小了，随着时间的发展，师生们都将“垂垂老矣”，然而老师讲得卖力，学生听得认真，看着班里的同学——自己的同事，我想到了自己的学生时代，也想到了将来。班里的学生平均年龄应该是四十多岁，在这样的年龄段，我不知道通过个人的修为还能够在多大程度上改变自己，但感觉到人身上的优点有些可能会随着年龄的增长自然拥有，有些也会随着年龄增长自然消失。古人说的“老要张狂少要稳”等等，正是从主观的角度来校正客观的得失。回顾整个培训过程，总体来说多数教师的讲课质量得到了大家的认可，至少课堂上没有发现任何人进入睡眠状态。李敖说，名人演讲“不可不听，不可再听”，老师里没有名人，能做到不可不听就足以看出师资的实力。

课堂的教学和读书一样是灌输知识，这是人们进步的必要途径。人生的发展主要取决于两个方面：知识的增加与经验的积累。“读万卷书，行万里路”说的就是这个意思。小时候在课堂上，学习的主要目的是掌握技能，要学有所长，那么有“所长”了以后呢，就该“以学立身”，想办法提高自身的影响力。古人云，“立德、立言、立行”，我们虽然没有那么大的能量，但也应该朝着那方面努力。记得在讲课的过程中，有位老师说过一句网络用语："哥已不在江湖，但江湖上还流传着哥的传说。"这就是影响力的体现。我非常欣赏那些在各个领域具有创造能力的人，觉得哪怕在其擅长的地方有一点点常人所不及之处也是今生的造化。曾经的五六十年代，我国很多机关单位及工厂里都有数不尽的"小发明、小创造、小革新"，先不管效果如何，这至少是社会风气向上的一种反映，是生命力旺盛的一种体现。

"人过三十不学艺"是从生理上讲的，非常正确，但这里的"不"应该是不适合的意思，并不是说不能或者不要。一位在美国大学里待了几年的朋友给我说，在美国，大学是没有年龄限制的，你经常可以看到六十多岁的老人和二十多岁的年轻人同班学习，互相帮助。知识的拥有和年龄没有关系，我猜在美国可能没有"不耻下问"这个成语。有时间你可以上王石的微博看看，老人家那么大的年龄竟然去美国专修植物学，现在其对树种的精通与熟稔已完全是专家的档次，这样的人格魅力足以成为我们往前走的榜样。虽然有些技能要有童子功，越早越好，没有童子功成不了，但没有童子功也无须勉强，没有童子功更应该学习。在这个高度发展的文明社会，学习的目的理应是更好地提高生活质量，更好地丰富人生，应当成为我们的日常必需。

诸葛亮说：夫学须静也。人过了四十，即便读书，大多也只是为了消遣和休息，还有多少人能坐下来为了学习而读书？读书有两怕：一怕静不下心来，二怕读不出好来。做不到这两点，读书就无法成为学习的手段，白白地浪费时间。我们每个人自身都是一个可以充放电的蓄电池，学习的过程就是充电的过程，实践的过程就是放电的过程，放电的力量某种程度上取决于充电的时间和速度。只有充电的时间长、速度快，放电时才会更加强劲有力、精彩灼目。

从团长到连长

我不知道一个当过团长的人再干连长心中是个什么滋味，可能因为原因的不同，各人有各人的想法，但我知道，如果想要干好，一定不能再用当团长的方式来干连长，不管心中有多拧巴，尽管这种拧巴无论自己还是外人都不好接受。

在我身边有一位外号“大忙”的老哥，其所拥有的公司在辉煌的时候数年都是市里的支柱企业，他自然也是当地的纳税大户，经常向各级政府领导汇报公司的发展情况。出入都是豪车紧跟、随从相伴，吃顿大餐花几万，办公室里艺术品琳琅满目，买房如买菜一般。然而，时运不济，在几个大的投资项目失利后，资金链断裂，经不住银行、法院、供应商的轮番折腾，所有的办法用尽之后，还是破产了。没办法，饭还是要吃，只得另搭炉灶。几年时间，由近千人的老总变成了二三十个人的包工头。他曾对我说，他这个老总在破落的这几年里因为争地皮和小流氓动过刀子，每次出差为省点住宿费也成了澡堂子里的常客，经常做着当年连自己的随从都不齿的事情。由贫贱到富贵易，由富贵到贫贱难，这样的经历，该有着多大的心理反差？不用猜也知道老哥背地里掉了多少泪。不过，听到他后来的情况，我反而感觉他的勇气值得钦佩，大丈夫能屈能伸，觉得像他那样积极乐观、有格局的人，当机会来临的时候可能还会东山再起。

人生如风雨行舟，顺流逆流，“时而高高山头立，时而深深海底行”应是常态。在这一点上，梁漱溟大师对待命运的冷眼深情应当成为我们当代人的高标，当记者谈起他所遭遇过的千灾百难时，他却说，那没有什么，我只是觉得这一辈子有时忙、有时比较清闲罢了。何等地云淡风轻，何等地无上境界。如今，自己的年龄在不惑之后，已明显地感觉到了精力不如以前，这个年龄已经积累了一些知识和经验，已经有资格说些教训人的话、过来人的话了，有时候因为某种机缘重新见到相隔多年的人或者重新做了多年以前做过的事，常常有种恍若隔世之感——没有年龄经验的人是不会有那种感受的。记得二十岁左右的时候，当有些事情做不到，便常常用憧憬的办法安慰自己——什么都来得及，因为自己还年轻，这个年龄资本很多人都没有。而现在这样的办法却丝毫不再起作用，因为知道了有些事情是你终其一生都做不到的，和年龄没有任何关系。“有所为，有所不为”才是真理，“明知不可为而为之”只能是在某些情况下应当提倡的积极精神，而不是能够解决问题的正确选择。

在遇到很大的生活困境时，我经常喜欢考虑人生的终极问题，知道了齐秦为什么说这个世界很精彩又很无奈，觉得他在那样的年龄能写出这样深刻的歌词真的是才华横溢。很多人类的终极问题对于大多数人来讲，如果不是遇到生死攸关的大事一般不会轻易去想，就是去想也不一定能想明白，因为这些问题即便是圣人来解释也是各说各的道理，也只能解释结果而无法解释过程。人的命运有很大的差别，大多数的事情人在开始干的时候都无法准确预测到真正的结果，所能做的只是努力去干而已。也可能心想事成，也可能一事无成，无论你接受还是不接受，这就是命运的真实面目。

我很欣赏像邓公那样几起几落的人物，命运的捉弄对于这些人心理的锤炼简直就是一种厚爱。在历史起伏的波涛里，这样的人心安意定、不乱方寸的意志已经决定了他们异于众人，伟大的事业也只有以如此茁壮的意志为基础才能产生、发展和成长。小时候邻家大叔是个卖馒头的，每次去他家买馒头，总是见他一边擦着满头的汗水、给人拿馒头，一边知足地重复着他津津乐道的话：天天有活干，顿顿有饭吃。老百姓的朴素话语往往是人生至理，那种平常心态正是生命力旺盛的体现，你可以仔细体味体味。

Part 3

我的文字观

记得上大学时，很羡慕那些把文章写得如行云流水般的高手，再加上自己的几篇习作轻松地就被多家大报刊登，便自以为在这方面有点天分，于是立下个志向：挟一杆破笔，写天下文章。多年过去了，现在看看这个志向，还是非常地豪迈和有气魄，只是自己的作品还没有达到理想，只是自己还在朝着这个方向努力；多年过去了，数数自己在印刷品上积累的文字已近十万，虽然算不上作家，但也算得上是个业余文字工作者了。

从业多年，毕竟有了点经验，总结一下，大致有以下这些：

文字是一种能力。这种能力不管是先天的也罢，是后天的也好，当你听到一个故事，有一段与众不同的经历，到过一处罕有的风景，都能够有条理、有逻辑、清晰地记录下来，让人读后能够有所感悟、能够赏心悦目、能够得到教化、能够解决人生遇到的诸多问题和困惑，这就需要一种能力。这种能力有大有小，想要具备这样的能力，即使天分不高，通过后天的有意识地训练也并不难达到。所以对于爱写的人，有写作兴趣的人，应该尽早开始就有意识地从专业的角度来要求自己对于文字的把握、对于逻辑的梳理、对于情节的构建的能力。文字应当成为写作者手头的精灵，让作者的思想通过它来影响千万人。把文字想象成演员，你就是这篇文章的导演，如何让观众愿意看你的作品就看你的本领了，从遴选演员到演员的道具再到演员从哪个角度出现等细节的掌握都需要下功夫、动脑子。古人有“两句三年得，一吟双泪流”，今人有“一篇读罢头飞雪”，文字的杀伤力和震撼力有时让人无法控制自己的情绪，聚起意想不到的力量。

文字是一种积累。“文章千古事，得失寸心知”，好文章如同酿蜜，是一辈子的事，不是读几篇名著佳作就能够随手花团锦簇，不是念念唐诗宋词就能够写出五言七律。古时候是人磨墨、墨磨人，现在也是。写文章是件愉悦的事也是件残酷的事，如果没有执着的兴趣、远大的目标和过人的天赋真的很难坚持，也很难出作品。别看一些成名者人前轻松，背后付出多少艰辛只有他自己知道。真正想要在这方面扬名立万要早入手、高起点，另外还要客观地评估一下自己的天赋，有天赋的人大多是写出来的东西好于腹稿，意外常常好于有计划地提前打算。还有，在过程中再看看自己有没有这方面的运气，无论干什么事都有偶然的因素，这一点不能过虑，也不能小瞧。

文字是一种技巧。这种技巧如同人类的其他技能一样都需要技术含量，基本的文笔表达关过去以后，需要有意识地提高各方面的工作。如何地藏愚守拙，如何地笔到意到，如何地化腐朽为神奇，等等，掌握这些技巧的办法就是阅读与体悟，多读些大师的作品，多琢磨、多动笔，时间长了自然而然地心中就有了路数，就理解了“苦心经营的随便”。诗歌是这样、杂文是这样，小说更是这样。有些人文字掌握的数量并不多，比如说高玉宝，但写出来的东西仍然感人，这就需要长期大量的写作训练，心底里暗暗告诫自己是吃这碗饭的。文字如同炒菜一样，一份好的美味佳肴除了要有好的食材以外，更关键的要看厨子的手艺，作文的训练就是要将好的技巧转化为个人的本能，虽急就章亦能流传千古。“奇文共欣赏，疑义相与析”，一个凄美的爱情故事可以写成几行字，一桌饭也可以写上上千文。

文字是一种格调。“技近乎道”，具备了足够的技术，再往上走便不可避免地触摸到格调，格调和技术是一种既交叉又平行的关系，高的格调肯定是以好的技术为前提，但并不是说技术好的格调肯定也高，格调和技术有关联但是两码事。大家的作品最终比的是格调而不是技术，有些民间的文字技巧并不是很高，但也流传百年，相当一部分原因就是格调高。技巧和格调都和天分和修养有直接的关系，好的作品都是通过各种媒介来表达人心与人性。格调是仁者见仁、智者见智的东西，鲁迅先生说《红楼梦》：“……道学家看见淫，才子看见缠绵，革命家看见排满……”其实，真的能看出《红楼梦》好来的又有多少人呢？再高的格调局外人看来也是如瞎子摸象、雾里看花，你只有达到了一定的高度，你才能知道大家是什么高度。眼高手低虽然是贬义词，但也比眼低手低强。

文字是一种生命。文字是人类特有的东西，传说中仓颉造字，鬼神泣，文字和小花、小草，和猫狗牛蛇同样是有生命的。老舍说过，改我一字，男盗女娼。大家对于自己作品的要求都是非常苛刻的，写作品的时候都在心中默念：苛刻一点，再苛刻一点，不好的东西绝不要往外拿。他们对于作品的厚爱胜过自己的孩子以至生命，高标准、严要求对于他们来讲只是一种最低的准则。好的作品是“人戏合一”的，艺术是这样、文字更是这样。你可以想得很高、说得很好，但你不一定能写出来，写不出来就等于什么都没有，不管你是哪一方面的大家，不能“立言”也很难成为大家。举例来讲，司马光的《资治通鉴》、李时珍的《本草纲目》、徐霞客的《浙游日记》等很多行业的经典名作从某个角度来看都可以当作文学作品来读，都是文字的典范，也都是各个行业大家的毕生心血。

如火如荼的夏天

夏天都是热的，今年的夏天如火如荼。

出门一周，回到办公室，打开电脑，有封信，组织上通过邮箱给我的，原来到今天工龄已经满三十年了，感谢我对本职工作的付出和贡献。三十年，好漫长的时间，在这之前没有想到去干这份工作，在这期间好几次想离开这份工作，但细细评估以后总觉得自己各方面的积累还不够，辞职的风险太大，而又没有遇到在其他方面发展的恰当机会，始终没有鼓足勇气。没想到这一天这么快就来了，终于可以放心地找个合适的时机离开了，真是个值得纪念的日子。

多年养成的习惯，在一个领域久了，总有些感悟，不吐不快。

一、规矩。体制是个讲规矩的地方。大到党纪国法，小到各项制度。尽管任何一个组织或单位都存在大大小小的规定和章程，但规矩在体制内尤为明显，应该承认有很多规矩是一种无用或者浪费，可也有很多规矩是大量人才历史智慧的结晶。规矩给人带来了不舒服，但这是社会的必需，已经潜移默化到体制中，所以与体制内的人或者在体制内工作过的人打交道相对来说比较放心，因为他们的心中有底线，就像人受过高等教育和没有受过高等教育素质不一样，就像小时候看到解放军叔叔天生有种亲切感一样。体制内有些制度、办法、规则、指标等有时看似无效、无用甚至无聊，然而换个角度想想，它把人的智商和情商、气度与觉悟、人与人之间的关系、个体在集体中的位置等检验得非常到位。在体制内，你会经常遇到考试考核、评先树优、晋级晋职等影响你个人情绪的事情，你会经常感受到，人生不如意者十之八九，你也会发觉身边同事中，真正厉害的人早已戒掉了情绪。作为个人来讲，年龄越小受到恰当的规矩约束越早越好，成人以后他们就知道自律，以免遭到社会的更大惩罚。一个人一生如果想做点事情，自律是应当伴随他的终生的，子曰：从心所欲不逾矩。就是这个意思，做事前先把人做好。

二、城府。以前看电视剧《大明王朝 1566》，有句话外音：严嵩的城府深得让人恐怖。无论在哪个领域里，城府对于个人这一生的进步都是个必不可少的需要和帮助，在体制内显得尤为重要。你不能因为一时的不公而和领导拍桌而起，因为那样多数结果不但是解决不了问题，反而会使问题更加糟糕。朱元璋有首“金杯同汝饮，白刃不相饶”的诗，没有城府写不出这样的句子，领会了这样的句子便领会了政治的部分涵义，它需要每一个有头脑的人深深体会。城府是心灵的隐秘围墙，你不能因为你的部下成为了你的上级而愤愤不平，你也不能因为今天的相互排挤而否定了昨天的相互利用，你需要有“打牙和血肚里吞”的胸怀和勇气，需要有损失小我顾全大局的格调。今天的敌人是明天的朋友，后天可能又会成为敌人，因为归根结底人与人的竞争都是利益之争，这个是有利于社会发展的。体制就是简单的政治，是利益的平衡。“猝然临之而不惊，无故加之而不怒”，作为长期浸淫在体制内的苏东坡可谓把体制人的特质说到了家。

三、揉搓。由于学而优则仕的传统思想，即便是在科学昌明商业化社会高度发展的今天，体制内仍然汇聚了大量的优秀人才。这些精英或出身草根或来自名校，在相同的游戏规则下与他们共舞需要相当的聪明，不然会在无休止的“内卷”中败下阵来。曾听一位领导在讲课中说，领导都是“卷王”。“没有机会要能忍，有了机会要能狠”，“忍”和“狠”都是一种智慧的力量，都需要时间来思考和体会。要办成事，就需要“揉搓”，需要“打磨”，需要“揉、缠、黏、连、粘”的太极功夫，比的是“内功”。拒人的方式有千百种，求人的方式也有千百种，直来直去大多很难成事，只有揉搓才能最大可能地把利益摆布均衡。曾国藩的书买的人很多，文中奥妙真正领会到家的没有几个，读书只是提供可能和渠道，智慧不是看看书就能获得的，它需要心灵的顿悟和维度的提升。官场如情场如商场如战场，很多时候也是血雨腥风，如果内心不够强大，脸皮不够厚实，没有杀伐决断的勇气，肯定伤痕累累、一事无成。

最后，应该说有很多人是不适合在体制内工作的，虽说大多数人成功的基本因素是依赖于他的智商和情商，但社会上的很多工作也适合单打独斗。比如说作家，一个成功作家的作品更多是依赖于他在文学创作方面的具有决定性的天赋，不需要与任何人打交道，甚至与众人的应酬反而会打扰思考、耽误时间。梭罗写出的成名作《瓦尔登湖》，你能说这是他的智商高还是他的情商高。但是，在体制内不行，你需要领导赏识，这是针对小众的；你需要同事的选票，这是针对大众的，你的个性越强反而得到的票越少。至于你的业务能力有多棒，这只是给你添彩的地方，并不是主要的。在体制内，你要股长、科长、处长、厅长地往上走才是正路。你必须敬业乐群，这和你在其他方面的成就没有关系。陈景润如果在体制内恐怕不会有一点成就感，但这不妨碍他在数学方面的伟大。如果你的个性比较强，有独门绝技，喜欢宅，无论世界怎么变化，始终乐于按照自己的节奏过日子，那最好不要进入体制去讨生活，会是一种折磨。

有个朋友名叫冯唐

偶尔翻书，见到篇文章《中文小说水平低下》，题目出奇，作者的名字也好记——冯唐。看完短文，掩卷长叹，我这辈子若能写得了这个，也算没有白活。

于是上网找冯唐，见到了他的模样。

能考上“协和”的医学博士，读美国的MBA，这样的智商已经是倍于常人，而又把文字料理得如此稀罕，真不知上天能在一百人中造化出几位。

冯唐的文字有特点，一个是简短。区区几百字，诗词典故信手拈来，俗不可耐的句子被点化得悠远而有意境，阳春白雪与下里巴人同穿了一条裤子。或许有人不以为然，认为是模仿、缺乏厚度，而把传统与现代模仿得和谐与美好若此，简单吗？张若虚一首《春江花月夜》足可名世，乾隆写了万首诗，也难配一个诗人之名。另一个是诙谐。翻云覆雨之事、街头俚句之言挥之纸上，如换常人难免恶心，而这些东西让他一摆弄，就成了调皮与灵动。一张冷峻的脸看着看着扑哧就笑了，让我想起了自己喜欢的冯巩和葛优，他更像葛优，那种笑是会心而不是哈哈哈哈。再一个，就是文化。读其文，觉得世上还有这样的人这样的活法，新颖而又随俗；觉得读书好比存钱，钱多了终究没有坏处，只要它来路正当，多了可以产生自信，既独善其身，又兼济天下。

当下社会，丰富多元，经济的作用已体现到各个层面，能把心用在文学上的年轻人寥寥无几，因为它所得来的浮名远不如美女香车更具诱惑，不管是宣泄也好，自恋也罢，让人读了以后“滴滴香浓，意犹未尽”，比喝杯咖啡的感觉要好得多。所谓新新人类，卖弄点文字技巧，或故弄玄虚，说一些莫名其妙，固然可以挣得片刻的悠闲随意，挣得够吃够喝的银子，可创作如果没有根基，便成了屋顶上的草，终不会经得住时间的考验。过去，龚自珍说过，著书都为稻粱谋。那是在封建的旧社会，而如今做个生意就比卖字强。文人更应该懂得韬光养晦。

“江山代有才人出”，时代的人必会有时代的气息。如果有人写成了苏东坡，即使再好，也给人在戏台上演戏的感觉。不合时宜的多，静不下心来的更不少，谁能信仰坚定，褒也褒得，贬也贬得，谁就能早晚在电脑上敲出好活，不信，你等着。人生好比跳舞，花样怎么玩都行，只要别乱了步子。能做到“酒肉穿肠过，佛祖心中留”的和尚，修行才算到了家。

人喜欢什么是不好说出原因的，就像漂亮小姐在时装店里选衣裳，萝卜白菜，各有所爱。文字的打动只是一种感悟，我喜欢犀利与温情脉脉的结合。忆起古时王子猷去访戴安道，兴起而去，兴尽而返，至于访到与否倒是次要，有这样的心态，何愁抖搂不出美东东呢？忽然冒出一想法：站在自家阔大的阳台上，套休闲装，就着清茶，和冯唐聊聊几千年前的故事，不知可有此缘分。

冯唐的文章适合春秋天读，春天里有花香，秋天里有阳光。

说说郁俊

早在九四年，一九的九四。那一年我还没有卖字，准确地说还没有开始练字，业余时间划拉些杂七杂八的文字去小饭店里换盘水饺或者蛋花汤吃吃。当时我正热衷于文学，在有限的视野里，同龄人中有两个适合我口味的菜，北京的冯唐和上海的郁俊。虽然南北各异，但两个人的文字却有着共同的特点，比如说，都写情色，都很幽默，都从古典里汲取了大量营养，家长里短中都散发着琐碎诗意，等等。两位大神一个学霸、一个学渣，然而其在文字上的通灵之处却难分伯仲。

所谓文才，就是梳理文字的能力，好比理发师，一头乱糟糟的头发，理出个型儿来。不过高手的目标并非这么一点点，他们是想看看自己利用文字到底能够把汉语表达到何种程度。冯唐的文章以前我已经说过，这里不再啰嗦，说说郁俊好了。

郁俊是我朋友，主业是画画，是个靠卖画为生的职业艺术家，虽然师出名门，用功颇深，市场也不错，但我私底下以为他的画一般，文章精彩。我写的这篇文章就是把他的那一篇文章的开头拿来开了头。

很久以前就零零散散地看过郁俊的散碎文章，那是在中国书法网上，那时他的艺名叫孔乙己，只是我不知道孔乙己就是郁俊，当时的感觉是天分高、文笔极好，但或许是和文字内容有关，那些小品文并没有对我产生很大的震撼力，真正让人久久不能忘怀的是后来他的《朱新建这个人》，读罢击节叹赏，没想到世间还有这样的人写这样的文章。口语化写作、方言、古代戏曲形式的章节布局让我惊喜于又在当代人中发现了一个文字高手，于是便陆陆续续地想寻到他更多的作品，想见到这个人。好在有当代网络的发达和交通的便捷做到这点并不难，不长的时间我就在微信平台上见到他出世以来的几乎所有文字，在上海的高岛屋和他吃了一顿简单的晚餐。

郁俊的文字主要取法于八股文、元曲及明清笔记体小说，对近现代名家也稍有涉猎。那么久了我依然记得《朱新建这个人》中小财迷的念白——“老、公、你、要、挺、住”，让人忍俊不禁，而又惊讶于作者对于文字节奏的敏感。文字和音乐、舞蹈一样，就是个节奏，你可以试试，即便是哀乐，如果唱片转快了，也让人悲恸不起来，郁俊对于这点的把握极为过人。

说句实在话，从一个作家的角度来说，郁俊的作品并不多，虽然说量少不代表质拙，但量毕竟也是一个艺术家才华的体现，不管你是勤奋写作还是随性而为，我们还是要以文章来说话。我向来以为写文章说易也易、说难也难，虽说只要做到有想法、文笔好就够了，但要做到这两点又何其不易。作家的任何一篇文章都是要先有想法，但想法不是银行里的存款，随时用随时有，我说这个的意思你应该懂得。当下用方言来进行口语化写作的人也有很多，可以产生普通话产生不了的感觉，有些小学生字都没有学全（不会写的字用拼音代替），口语写出来的文字依然能让人泪流满面，就像成都帽儿桥小学六年级一班的王乐乐。至于金宇澄之类的大家更是把这门技术运用得出乎类拔乎萃，多年作品的厚度确实值得在当代文学史上大书特书。

“7 年婚姻，复式房子，2 岁的拉布拉多犬，十几年的一份工作。然后，好像台风，这些东西，依次从我生命里消失。”我问郁俊，离婚、没了房子、失去工作，这些事情其中的任何一件发生在个人身上都很难承受，而你却……你好强大吔。郁俊说我没事，你们不行，我觉得可以的。话语里透露着无比自信，轻盈得像高岛屋里递茶小姐的脚步。和名人接触，我更关心的是他们的生存状态，生存状态是一个人对于社会和人生认知程度的具体体现，艺术作品大都是艺术家在表达自己，所以通过艺术作品就可以或多或少地窥探到艺术家生活的精彩世界。人与人没法比，艺术家都是天生的，是上帝送给人类的礼物，作为个人来讲绝不能在这上面较劲，祖师爷不赏饭是谁也没有办法的事情。大英雄才能真本色，大多数人都不是大英雄，甚至不是英雄，所以大多数人都在生活中伪装自己，不敢随意表露自己的真性情，因为有些个人需要和社会需要是黑白矛盾的两个方面。但艺术家的生存状态却蛮值得借鉴，他们的真实与自然可以学习消化吸收后帮助自己走好一生。

与方建光书

建光兄：

近好！

惠书早已收悉，只因年后杂事诸多，未能及时回复，深以为歉。

观兄之作，技法更趋完美，风格日臻成熟，心中窃喜。习书多年，尤能执着如此进步速度，实吾辈中佼佼者也。如从人之生理及艺术水平看，兄已近日中天之时，望能把握此机遇，保持之，发展之，终至大成就也。大家之成功往往是多种机缘结合之果，虽需努力，不可强求，是一个酝酿与修炼的过程。当今社会，注重竞争与个性，翰墨之余，更需放眼世事与人情，如仅仅着眼于笔端，断难增加作品格局与厚度。古人说：螺蛳壳里做道场，方见法师无边。然而螺蛳壳里是出不来法师的，法师需要行万里路。

常有人言：艺术之发展似金字塔。此话乃见仁见智之语，窃以为五十分者能看懂六十分的东西，八十分者就不一定能看懂九十分的东西了。观今之书坛精英，虽不乏神来之笔，然莫说比之古人，即使能望近人郑诵先、王蘧常等项背者，又有几人。为艺之道，最要紧的是静下心来，如何让思考更具有穿透力，使之宏阔而深远。王阳明语：吾辈用功，只求日减，不求日增。是破题句也。

作品集总体设计样式未出常格，如能增加些各个时期的精品之作，当是更有意义。人大多如此，愿向世人展现最精彩的一面，过去的东西虽有些稚嫩，但作为岁月之总结还是勿要考虑过多为好，董其昌亦有穿开裆裤的时候。宁缺毋滥是为艺之本，齐白石出帖时已过耄耋，蒋维崧出帖时也近晚年，大师们心里都有数，关键是掌握好分寸。至于作品之短长，我就不再一一而言，兄之长处仍在小行书也。

作为七十年代出生者，正成为当今社会之中坚，艺术观以至人生观、价值观均已成熟，偶尔观书看人，总觉他们正以咄咄逼人之势成群结队向我们走来，为艺、为事、为人挥洒得荡心动魄，怎不汗颜之至？今忆吾兄坚定于帖学一路，孜孜不摇，此为过人之处。人要找准位置、找准突破点不易，能够化骨而出就更难了。“字如其人”，此“人”决非指人之品格，品格有好坏，而“字”只有高下之分也。

吾已多日远离书法，一来个人天分不足，进步甚微。艺术之成功无非取决于天分、观念与功夫，天分与功夫的关系亦是命运与努力的关系，二者不可忽视其一也。二来社会多元，提供给个人的空间尚多，如耗费时日，便是无自知之明，非睿智之举。书法之于我既非小道，亦非安身之根本，井外观井更加清楚。当然，作为多年为之付出大量心血的情结，恐怕今生也不会丢掉，吾亦一直关注着书法及书法界，如今年之八届国展，武威、黄榕城、钟显金之现场作品又令我舒服了好一阵子。此种观念转变，或许是年龄与时代所致，然回过头来看看，吾庆幸结识书法，亦庆幸观念之转变矣。

今日独立成家已两年多，陈默来过，元飞、汪雷诸友亦来过，如有机会来聊当在舍下一聚耶。

顺颂

时绥！

潘政

急就于淡淡斋中

给万立的信

万立兄：

你好！

很想就你的作品与你商榷一番，借以相互校正各自的思路。所谓旁观者清，这或许正是多交朋友的最大好处。以我之私见，可以说是看着兄之书作逐步成长的书道中人，所以也就有资格说些一二的话。兄之今天成就在当代书道同龄人中已是佼佼者，这是天分和努力的结果。抛开那些身外的名利不说，我们就事论事：

十余年前，我首次见到兄之书法（具体已经忘记在哪里和什么内容了），便觉其最大的长处是线条，此乃书法之首要，世上有多少人便有多少种线条。以前我的看法是书法之高低看两点：笔力和笔性。笔力靠功夫，笔性靠天分，现在的观点则是两者皆靠天分。“王侯笔力能扛鼎，五百年来无此君”。真正的大师是老天赏赐的，此等事例历史上有意无意记载了很多，随手举个例子，近代书法大家张伯英去世时，齐白石写过一首诗，头两句就是：写作妙如神，前身有宿因。当然，我这绝对不是说因为天分的原因便不下功夫了。毛笔写到今天，我们也都非常清楚，对于书法来讲，光有线条显然是不够的。

每一位书法创作者能出人头地都有他过人的地方，比如说建光，至今也有十余年的交情，我自始至终都以为他的字是以“巧”取胜，无论他的字在这十几年里怎么变化，都改变不了与生俱来的这个特点。我在探索书法的道路上走了多年，个中甘苦，如鱼饮水，尽管成绩不大，但所付出的心血不比那些在国展中摘金得银者少，就好像在高中时，那些没有考上大学的学生付出得不比那些考上大学的学生少一样。在书法学习的多年摸索中，我感觉别人说的能让我最高兴的一句话就是：看了你的字觉得不像你写的了。

话说回来，兄之书法不知怎么今天写成了这个样子。在我的印象中，你属于风格变化比较快的那类人：学苏东坡、学张瑞图、学流行书风等都给我留下了很深的印象。从总的发展方向看，格高气清一定是兄追求的目标了，但说句心里话，现在你的有些作品我很难理解，比如作品集中的对联（会当凌绝顶，一览众山小）和中堂（元人词）。我看过很多古今大师的原作，自以为理解不了的东西不多了，或许有些作品作为艺术性的探索未尝不可，然而这些东西我觉得不应该放到出版物（你的个人作品集和宣传册）中。你可能自认为那些东西是得意的好东西，但为什么和诸如八届国展你获奖的作品差别那么大？虽然我不好理解，但“仔细看”，我仍然认为作品常人所不及，可不搞书法的人又有几人“仔细看”呢，不搞书法的人就是仔细看也不一定能够看得懂。“反常合道”应当是我们提倡的，但脱离“道”就不得了了。

能够感觉，你在线条及文字的造型方面正在苦苦地进行着多方面的探索，这是作为艺术家最为快乐和痛苦的事情，莫论全国，就是身边的人，视书法如生命的人也有很多，他们都在辛苦地往上攀行。坦诚提提自己的看法，我的意见是不成熟的东西最好不要让世人看，让别人看至少应当是比较成熟的东西，这样对个人的发展才有好处。个人能够成名成家需要综合性的原因，个人的作品能够写入历史更需要多方面的缘分，绝对不是有了技巧和格调就可以解决的事情。

或许今天你创作的书法也非你的初衷，也远离了你的艺术想象，然而，人的总体审美趋向大体是可以自己控制的。总而言之，兄之部分作品离传统的渐行渐远是我所困惑的，望能指教。

言长纸短，再聊。

敬祝

艺祺！

潘政

书道追我苦中乐

虽然我已经过了做梦的年龄，但至今仍然喜欢做梦。曾经做过的军人梦、大学梦、作家梦，或已成现实，或好梦难圆。惟独书法家梦已长达二十余年不能成真，但终不忍半途而废。

在高中上学的时候，硬笔书法热在全国兴起，学校弥漫着人人练字的氛围，我便因为这个机缘接触到了书法。当时练习者众多，自己的水平又泛泛，怎么也没有想到能够坚持下来，成为一生都解不开的情结。记得刚刚学写字的时候，点不像点，撇不像撇，横不平，竖不直，再加上临近高考，怕被家长和老师批评为不务正业，每次临书总是羞于见人，偷偷摸摸地找个字帖在角落里信手涂鸦，一段时间下来常常有手痒难耐的感觉。

如今回想起来，感觉那段时光因为没有老师的指点以及自身信息视野的局限，始终未入书法的正确门径，着实走了很多的弯路。就这样断断续续地到了参加工作以后，有一次去聊城大学（当时叫聊城师范学院）找同学，他刚刚考上那里新设的书法教育专业，我在教室里看到了学生在名师的指导下如何练习，毛笔在书写时该怎样执掌和旋转，熟宣和生宣会出现什么样不同的展厅效果，字体的演进和发展史的本来面目，等等，才真正知道了书法和写字的区别，书法该怎样学、学什么。于是便和那些学生一样，从中国美术学院邮购了教材，买来大批的毛边纸和成桶的墨汁、定制了专业的书桌和课程计划，开始了真正的漫漫书法之旅。

因为刚刚参加工作，年龄小社会应酬少，每天晚上踏进自己的那间蜗居，便仿佛置身于另一个世界。真是临斯室也，荣辱皆忘，泼墨挥毫其喜洋洋者也。独自一人，畅游于墨海，着意于翰林，追《石门颂》的潇洒飘逸，《九成宫碑》的规矩方正，《苕溪诗帖》的风流倜傥，等过足了书瘾，大多已是次日凌晨。严寒数九，酷暑三伏，在别人假期玩得十分愉快轻松的时候，我却在翰墨间寻觅无尽的乐源，圆我的书家梦。当时还偶尔写过诗，其中一句“雪夜闭门写米芾”至今记忆犹新。还记得结婚旅行时到了南京，因为平时出门的机会比较少，刚到宾馆安顿好，我便带着得意之作匆匆出去拜师求教，等回来时已把新娘子冷落了一天，落了好大的埋怨；还记得初次去北京观看全国书法展，本来就不丰厚的钱粮几乎被人偷空，置身人地两疏的异乡，只好枕着行囊在文化部的地下室旅馆里熬了两宿；还记得每次出差，当地的博物馆和著名书家的书斋成了我的首选，其他的青山秀水已是可去可不去之地；还记得在练习书法时，偶有心得我便写下点滴的感悟，如今已形成日记体的札记厚厚三大本……

艰辛的努力换来了丰硕的成果。自九十年代末至今，我的书法作品已经多次在全国、省、市级比赛中参展并获奖，《青少年书法》《书法》《美术报》《中国硬笔书坛百家作品集》《当代山东书法家辞典》等也相继刊登，部分作品被孔繁森纪念馆、江西省慈善总会等文博机构收藏，中国教育电视台《墨香》栏目还作了专题报道。在进行书法实践的同时为了加强自己多方面的修养，我还成功组织参与了一系列的书艺活动，如东昌晚生代书法篆刻展，泛舟东昌湖——聊城市青年书法精品展等。

“路漫漫其修远兮，吾将上下而求索”，未来书法探索的道路还很长、很远，但我相信：往上走，哪怕一小步，也是新高度。

告诉你一个不一样的书法

在我们人类文明的很多领域里，当语言文字无法表达的时候，就产生了符号，比如数学中的函数，音乐中的音符，书法中的草书，等等。一些哲学家说，哲学中的很多地方也是无法用语言文字表达的，应该诞生自己的符号用来表达哲学概念的准确意思。老子说：道可道，非常道。就是说有些道理当你说出来或者用文字表达出来的时候，它已经不是原来的意思了。但是不知道什么原因，哲学中的符号一直没有出来。今天我们不讲哲学，讲书法。我从事书法的研究已经近三十年了，对很多方面有了自己的理解，下面讲一下关于书法学习中的几个问题。

一

书法从什么书体入手。大家如果想学习书法的话，从什么书体入手比较好，这是很多书法爱好者初学时非常想知道的问题。我的意见是篆书、隶书、楷书都可以，但最好是从隶书入手，除非你对篆书和楷书特别喜欢。很多同志说，不是说从楷书入手最好吗？那么我要问问这话你是听谁说的？是不是从小听你家长说的。那么我的书法学习呢，就是按照学院派的那种学习方法，从篆隶楷行草这么一路走下来的，我的切身感受是楷书这个书体太严谨，因为从书法史的发展阶段看，现在学术界公认的是“晋朝尚韵、唐朝尚法、宋朝尚意、明朝尚态”，也就是说唐楷的法度非常规矩，你有一点写不好，这个字就很难看，容易事倍功半，不太容易有效果。下同样的力气，花同样的精力，我们为什么不让成绩更大一些呢？那么如何在学习的过程中更好地进步呢，我觉得主要是应该提高自己对书法的认知。在我身边有很多学习书法多年的人，他们也很努力，但是始终进步不大，其中一个重要的原因是认知上不去，他觉得我也练了好多年了，我的字就很好，你如果有这种思想，你怎么进步？

书法学习碑刻好还是学习墨迹好呢？我认为最好从墨迹入手，不要从碑刻入手，因为墨迹容易看出笔画的轻重虚实。启功先生在他的《论书绝句》中第九十七首是这么说的：“少谈汉魏怕徒劳，简牍摩挲未几遭。岂独甘卑爱唐宋，半生师笔不师刀。”而碑刻呢，它经过石工的雕刻再加上多年的风化，你根本看不到笔画的轻重虚实，只能大体去感觉。这个就好像培养孩子学习音乐用钢琴不用电子琴一样。现在社会上有很多人在学习王羲之的《圣教序》，它的全称是《怀仁集王羲之书大唐三藏圣教序》，这部字帖是碑刻，但是很多人写了很多年了，那个毛笔字写得还是不成样子，也是这个原因。如果学习宋帖“苏黄米蔡”中的任何一家，那效果肯定要好得多。《圣教序》这部字帖我在陕西西安碑林见过它的石刻原作，字很小，气息非常连贯，它的原作给人的观感效果要比印刷出来的字帖更加精彩。此外，如果大家对书法感兴趣，要尽量去全国的博物馆走一走，去看看各种古代书法的真迹，它和你看字帖印刷品的感觉不一样。要取法乎上。

二

天赋和功夫的问题。搞艺术是需要有天赋的，这个天赋又分三六九等，也就是说这个天赋具有相对性。那么你有多高的天赋呢？这个你是不知道的，你只能在实践中去感觉，时间长了大体也能感觉出来。如果说你感觉自己在这方面一点天赋都没有，那么我劝你尽早放弃这项工作。为什么呢？因为练字虽然很苦，但也是个快乐的事情，如果天赋高，可以写成个书法家，如果天赋不是很高，可以修身养性，但是如果你因为练字整天愁眉苦脸就没什么意思了。那么有的同志说了，我天天练，拼命练，是不是就可以成为书法家了呢？我说不是，因为努力只能使你的成功成为可能，但是它不能保证你能够成功。就像一服中药，努力只是这服药的“药引子”，关键是你自己是那服药才行。关于这个问题，我思考了很长的时间，也求教了很多老师，现在不少领域里卓有成就的名家告诉我，他们也曾经在不同阶段多次怀疑过自己是不是搞这个领域的材料，但是在突破这个瓶颈或者打破这个天花板以后，那真是“山重水复疑无路，柳暗花明又一村”。那么进步的标准是什么呢？第一，你可以看看今年自己写的字比去年的字好看了，这就是进步。第二，如果你写出来的字比你的腹稿好，比你想象的好，这说明你也是在进步。但如果长时间突破不了，而你又没有什么成绩，那就需要改改行了，这是谁也没有办法的事情，谁也替不了你。“师傅领进门，修行在个人”，“个人头上一片天，各有灵苗各自探”，说的就是这个意思。

以前有个银行的领导问我，他说，我练字的时间不长，在练习中我发现自己书写的线条不入纸是怎么回事呢？我说尽管你练字的时间不是很长，但是你的这个问题已经是书法的终极问题了。就好像一个刚会说话的孩子问，人为什么活着一样。我说，这个问题很难回答，我练字已经快三十年了，我觉得和当今书法名家相比，我的字的线条也不入纸。很多功成名就的当代书法大家也说，他们与古代那些大师相比，自己字的线条力度也不够，所以说这是个相对的概念。我们如果刚刚开始练字，首先要培养兴趣，兴趣是最好的老师，你只有热爱这个东西，你才能以苦为乐，不怕寂寞，不嫌枯燥。有了兴趣之后你进行刻苦的训练就是了，在训练的过程中，最关键的是要提高自己的认知，因为你会经常遇到天花板，关键是怎么打破它。我记得自己刚开始练习楷书的时候，给南京艺术学院读书法研究生的一个朋友打电话。我问他，你在学习什么呀？他说，我正在练习用行书笔法写墓志。我当时就不明白他说的什么意思，现在回过头来看，这些都是很简单的东西。

三

书法创作和书法教育。大家在生活中可能会遇到一些书法专业的硕士甚至博士，有时觉得他们写的字并不怎么样，的确他们写的可能真不行，因为书法教育的学位和书法的创作水平是两回事。一个人创作水平的高低体现在他参加中国书法家协会等各级书法家协会举办的各项展览中，一个人学术水平的高低体现在他拥有的学位和发表在国家核心专业期刊的论文和专著中。现在大学里的一些老教授，你说你在全国书法比赛中参加过多少次展览、获过多少次奖，他们认为那是没有什么含金量的小游戏，真正的本领应该是你的学术能力。什么是学术能力呢？我举个例子，比如王羲之，你能考证出来有多少人和他交往，这些人和他是什么关系，他的某封信是写给谁的、里面发生了什么故事，等等。比如说我考证出来有一百个人和王羲之交往过，你能考证出来有一百零一个人和他交往过，这说明你的学术能力比我厉害。我在浙江大学有个朋友，薛龙春教授，这个人学术能力很强。很多同志都知道，明朝末年有位大书法家叫王铎，薛龙春能考证出来王铎的某某作品是哪一年在什么地方写的，周围观看的人都叫什么名字，如果是在船上写的，这个船是在江中行走着还是停在江中，考证功夫非常厉害。在日常的学习中，我们没必要厚此薄彼，书法的创作和学术都是一种能力。也有很多人同时具备这两种能力，比如朱复戡。大家如果有兴趣可以去《百家讲坛》听听刘心武讲《红楼梦》，刘心武也是个创作能力和学术能力都很强的人。

四

书法和好字不是一回事。“字如其人”，这个人是人的性格，而不是人品。也就是这个写字的人是粗犷型的还是细腻型的，是果断型的还是犹豫型的，是内敛的还是外放的，等等，这个大致是能从他写的字中看出个一二来的，但是人品不可能看出来。历史上很多书法大师级的人物都是奸臣，比如宋朝的蔡京、秦桧，明朝的严嵩，民国大汉奸郑孝胥。在这里再多说两句，历史人物往往都很复杂，坏人有好的一面，好人也有黑暗的一面。比如北宋四大奸臣蔡京、童贯、高俅、杨戬，蔡京是奸臣之首，他和忠臣之首的王安石是亲戚，两个人无论是工作关系还是私人关系都非常好，王安石有两个女儿，蔡京的弟弟蔡卞是王安石的二女婿，蔡京和蔡卞都是北宋时期第一流的书法家。我曾经多次说过，有些人写了一辈子好字，但那不是书法；有些人写了一辈子好文章，但那不是文学。因为它是两回事。我用个文学方面的比喻大家可能更好理解。比如我写过一篇文章，开头是这样的：时光流逝得让人惶恐，栀子花开的时候，我又想起了某某。这就是文学。如果换个写法，这样写：时间一天天过得真快啊，今年三四月份，我又想起了某某。这就不是文学，大家知道什么意思了吧。

另外，你们说古代人写得好，还是现代人写得好。很多同志可能会说，那肯定是古代人写得好，因为古代人几乎人人要用毛笔写字，这个基数很大。那我再问你一句，现在人人用钢笔，也没见到有多少人钢笔字写得好呀？所以说大家的很多观念都需要纠正，为什么需要纠正，因为我们对这个圈子不了解，认知能力不够。在这里我再纠正大家几个观念：即便是对于同一个人的话，书法并不是练的时间越长写得越好，也并不是年纪越老写得越好，有很多人年老时写的字反而不如年轻时写得好，因为人的天赋是随着他生理年龄的老化而逐渐减弱的，这个是符合艺术规律的。所以，我觉得对于大多数人来讲，我们现代的书法水平肯定是不如古人，但是对于个别书法家来讲，他们的艺术水平已经超越了古人。

五

什么是美的问题。很多同志会说，为什么有些古今书法大家的字我看不出好来，那么这个问题呢，几乎所有人都会遇到，解决这个问题需要时间，这是个审美水平提高的问题，没有别的办法，只能是多看、多读、多琢磨。随着时间的积累，你的审美水平就上来了，这个问题就解决了。就好像某位收藏家说的，你怎么知道这个家具是清代的还是明代的，你怎么知道这个瓷器是乾隆的还是光绪的，看得多了就知道了。比如我们阅读纯文学的作品，很多人都读不进去，那是因为看不出好来，你看不出好来，肯定读不进去，你要想看出好来，只能逐渐提高你的认知。王阳明说：知易行难。你连知都不知道，怎么行？所以说，提高认知是第一位的。

书法不存在倒插笔画的问题，我们教孩子写字，如果孩子没有按照从上到下、从左到右的顺序写，我们会批评孩子倒插笔画。但是在书法艺术中不存在这个问题，只要为了艺术效果，怎么写都可以。所以大家看书法视频，有些艺术家写字，故意从下往上、从右往左写字，这都是可以的，甚至不该断开的笔画他断开了，不该连起来的笔画他连起来了，都是可以的。苏东坡有句诗，叫“论画以形似，见与儿童邻”，就是说你评论画的时候，以这幅画画得像与不像作为判断标准，那你这个见解与儿童就没有什么区别了。

我一直觉得书法和武术的许多道理很接近。一个光会少林拳或武当拳的人绝不是个武林高手，同样，一个一辈子都在学一个帖或一家帖的人也不可能成为书法名家。一个武林高手可以用身体的任何部位搏击你身体的任何部位，书法也一样，一个好的书法家可以用毛笔笔锋的任何部位写字，这就是“锋出八面”，他写字时笔杆是旋转的。我给你打个比方，比如一个太极高手，你不要看他打拳的时候软绵绵的，力量是一切技战术的基础，当他发力的时候可能就是一个拳击手的力量。同样，笔力也是一切好字的基础，所有的好字，书法线条都是有力量的。那么笔性呢？就是写字时点画轻重疾徐的调节能力。书法大家的笔力和笔性都是很出色的。

生活在今天，多媒体的发达给大家提供了很好的学习条件，同志们可以在视频上看到很多高手是怎么写字的，放到从前这根本是不可能的事情。以前书法高手给你示范实际上就是教你怎么去写字，老师是不轻易给你示范的，他示范的时候实际上就是教你了，你不付点学费，他是不教你的。如果大家细心的话会发现很多高手在写字时都有非常细腻的很难发现的小动作，如果没有这些小动作不会出来那样的效果，这是书法技法中的核心部分，需要长久的训练和体悟才能得到，我们就不再展开讲了。看高手写字可以改变我们的观念，我们以为写得非常快的地方，他可能写得很慢；我们以为写得很慢的地方，他可能写得很快。观念的转变才是学习中难度最大的地方，才是最需要我们用心用力的地方。此外，每个老师都有每个老师的特点，每个成功的老师都有他属于自己的笔法，也就是业内人士常说的“习气”，这个大家仔细观察的话是能够发现的。

六

书法的构成是什么。这个很复杂，简单地说，书法是由笔法、墨法、章法三方面构成的。笔法就是用笔的方法，就是用笔的技巧。中央美术学院的邱振中教授简单地把笔法归结为三种是很有道理的，就是：平移、使转、提按。平移呢就是我们书写篆书比较多的笔法，提按就是我们书写楷书和行书比较多的笔法，使转就是我们书写草书比较多的笔法，但是书写时没有严格的界限，也就是在书写时这几种笔法要综合起来使用。元代的书法家赵孟頫说过：用笔千古不易，结字因时相传。就是说用笔的方法是永远不变的，但是字体因为时代、因为历史的传承而发生变化。在这里再多说两句，这个赵孟頫是元代的官员，我们经常说的楷书最经典的“颜、欧、柳、赵”其中三个是唐朝人，只有赵孟頫是元朝人。他是赵匡胤的十一代世孙，是历史上第一流的书画家，他老婆叫管道昇，也是个成就非常大的女书画家。墨法呢就是用墨的方法，我们古代不是用墨汁写字，而是在砚台上磨墨，里面掺多少水，那么写出来字的效果是不一样的，叫“墨分五色”。章法呢就是你这幅字的节奏，你写第二个字的时候要照顾到第一个字，写第二行的时候要照顾到第一行。也就是说“第一个字不是法，第二个字才是法”，就是这个意思。另外，我们在长期欣赏书法的过程中，会发现有些人的单个字很好，多个字放在一起就不好看了，而有些人的单个字并不好看，但他写的很多字放在一起就好看，这就是字的章法问题。而做到后者的往往是书法界的高手，比如林散之先生、沈鹏先生等等。

七

关于艺术。艺术就是个感觉，是很难量化的东西。

感觉这个东西是形而上的，很重要。佛教说，我们通过六种方式来感知这个世界，就是“眼、耳、鼻、舌、身、意”，艺术就是这个“意”。这种感觉，有些人天生就有，有些人怎么找也找不到，但大多数人通过努力寻找能够找到一些。你有了这种感觉或者情绪以后，通过某种工具把它表达出来，比如说书法、美术、音乐、舞蹈、电影等等，然后让别人也产生这种感觉或者情绪，那么这种工具呢，就是艺术的形式。有一次记者采访作家王朔，问他怎么想起写小说来呢。他说，年轻当兵的时候，有一次看别人写的小说，觉得我自己也能写出来。你看，这就是种感觉。它是无法量化的，然而却非常准确。有位哲学家说过：生存可以没有艺术，但是生活不能没有艺术。艺术就是这么一个奇怪的东西，是非常模糊的，甲做的东西乙做不了；甲做的东西即便乙模仿得一模一样，它给人的感觉也不一样；甲做的东西，你让他再重复一遍，可能也不是原来的那个样子了。据说王羲之在写完《兰亭集序》以后又重复写了很多遍，都没有最早的那一遍写得好。很多作家的成名作都是他的处女作，他以后再也没有写过那么好的作品。我再举个例子，比如三十年前英达导演的情景喜剧《我爱我家》，这是他情景喜剧的处女作，至今三十多年了，仍然无人超越，你不能不承认运气的存在，艺术家碰到这种事也是非常地无奈。再比如，我以前写过的文章，有的文章需要不断地修改，有时候修改到最后，已经看不到第一稿的影子；但是有的文章写完后一个字都不用修改，甚至多年以后再见到这篇文章时，感觉仍然是好文章，仍然一个字都不用修改。什么原因呢？我也想不明白。年轻的同志、有兴趣的同志可以做做这个实验。我们再回到书法上，古代和现代的两个书法家，哪怕他们写的字形一模一样，排除笔、墨、纸的因素，这个字给人的感觉是不一样的。同志们出门旅游的时候多到博物馆看看，在博物馆里都可以看到古代人的真迹，也不一定是名家的，我自己感觉古代人的字给人的感觉是自然流露，不做作，没有设计感，而现代人的特点恰恰相反，急躁，设计感强，为了写字而写字。所以说古代人和现代人的字，好与不好先放到一边，首先它给人的感觉是不一样的，任何人的任何行为都摆脱不了时代的印记。说句真心话，当你看到艺术家头顶上那一点儿光环的时候，你不知道他背后付出了多少的枯燥，你更不知道他基因里面那万中无一的超人的艺术感觉。

八

其他。最后我再讲几点：

在书法创作中有应酬之作和精心之作的分别，对于多数书法家来讲，应酬之作和精心之作的差距都很大，只有少数书法家随便写写就很精彩，这样的人不多，这也是书法实力的体现。另外在书画拍卖圈，没有真假之说，用业内人士的说法真的叫“大开门”，也就是说大多数专业人士看着没问题，都对，这就行了。全面的书画鉴定包括纸张、印章、印泥、装裱等很多内容，是一门复杂的技术，信息量广博深厚，这里我就不多说了。

我们在书法的临摹和创作过程中，老师经常要求的标准是“点画到位”，但是我们在书法这个园地里待的时间长了，往往会发现一些书法名家，尤其是个性比较强的书法名家的作品点画不到位，这是什么原因呢？这并不矛盾，因为点画非常精巧了反而会影响作品的整体气象。所以说，艺术中有很多标准既是严谨的又是相对的，和自然科学里的概念有些类似。

中国书法的地域性比较强，也就是你搞书法时间长了，在这个圈子里久了，你看到一幅字的作品，写这幅字的人你能大体上猜出他是什么地方的。比如辽宁书风，它的特点就是比较果断、爽快，有很明显的东北人性格；四川书风就是比较悠闲散淡，有种无欲无求、慵慵懒懒的那种感觉；江浙书风就是“二王”的特点非常明显，风流蕴藉的潇洒风格很强烈；等等吧。地域的风俗、血统、特色会不自觉地体现到书法作品中，和“一方水土养一方人”这句话颇为吻合，是个挺有意思的现象。

以上是我的一些体会，总之搞书法不容易，社会科学和自然科学一样，也是件严肃、残酷、快乐的事情。“板凳要坐十年冷，文章不写一句空”完全适用于书法艺术的学习，希望大家记住这句话，学有所成。

Part 4

京 城

振中：

京城一别，已有数日，不知现在的工作还算顺利否？今天迎来第一场冬雪，早晨在静穆的湖边走走，很多想法又有了变化，愿拿来与兄共飨。

有目共睹，随着物质和科技的飞速发展，人们的思想观念及精神层面也在发生急剧的变化，这个谁都承认。但当个人面对现实时，却往往瞠目。面对这种变化，每个人脑中所起的反应有很大的不同，时间长了，这种不同导致相互熟知的人也发现好像不认识对方，奇怪对方怎么变成了这个样子。此次去京，我发觉你比在“北航”时成熟了许多，这应该是个必然，在东营也可以进步，可能没有现在的结果更快。

当我站在国家大剧院二楼，从窗口看到人民大会堂时，也看到了我所经历短短的两个时代。看到对面的红砖绿瓦，仿佛回到了小时候，那时的人们是否会想到五十年后的建筑是如今这个样子呢？当我在 798 社区迪奥展厅里，发现那一件件似懂非懂的艺术作品的创作观念，觉得这些观念以前仿佛也曾在我的脑中闪现过，而自己为什么没有走上这条道路呢？以今天比较成熟的思想来考虑，在商品社会里这又是一种怎样的经济运作模式呢？当我花了五元钱买了本最新的精装时尚杂志外带两个故事 DVD，才知道金钱原来有很多种取得方式，思维的转变往往比积累金钱更能获得金钱。

人类的进步实际上就是观念的进步。很多人都说，如果十年前我有现在的想法，我会怎么样。这就说明人的成熟和长大，但如果永远不会存在，谁也不可能倒退到从前，人所做的只有抓住现在，争取在观念上跳跃式发展，以便更好地指导行动，这才是当下最有效的方法。我们生存的环境不同，想法就有区别，如今你正在为生存奔波，金钱对于你来说就是房子、车子、稳定的生活，所以你急切于扎扎实实的收入。你想过没有，当你拥有了这些以后会考虑什么呢？而我现在没有考虑这些事情，我考虑的是在这个年纪应当有个更大的自己喜欢的做事的平台，这个平台的建立我已经思考和实践了很长时间却始终未入门径，焦心不已。平台一旦建立，金钱只是一数字而已。或许是能力不够或许是运气不到，我始终做着这个梦。但大体上可以肯定的是，当你在京城有了稳定的生活以后会产生和我现在相同的想法。基于这个原则，你工作目标的选择没有必要非是汽车配件的内容，单一的选择太狭隘，你的眼光完全可以放得更宽大些。这样做一来可以取法乎上，二则可以更自由一些。

我发觉大都市带给人一种不确定性，你我的年纪在农村大概快要抱孙子了，在城市里也已经是基本定型的年纪，就如同成熟的果子，而在北京却还是想什么就是什么的年纪，这就是环境造成的观念上的区别。我现在明白为什么美国人说未到四十岁的男人是大男孩了，或许纽约、波士顿给人的感觉比北京更加不确定。农村之于县城就好像县城之于都市，我倒不是说生活在都市多么多么好，而是说生活地域大小的差异确实能刺激人更多地挖掘其本身的剩余价值。有时候，我想假如自己在北京会是什么样子呢，大概最好也就是像 ××× 等人的生活状态，然而这并不是我的人生目标。人要改变自己的生活状态很难，他所需要的更多的是机会，而在机会没有到来的情况下，我们所做的只能是积累。金钱、人脉、知识、经验，还有观念等等，只有在这些东西充足的情况下，机会到来时，个人的生存状态才能发生突变。没有突变，十年、二十年，或者说我们这一辈子就是这个样子了，这是我们所不愿看到的，那样的结果只能是无可奈何。

“人过四十天过午”。人生的黄金期对于我们来说马上就要过去，身体的重要性早应该提上了日程。“留得青山在，不怕没柴烧”，留得青山在，没有柴也没有关系。相比以前，我的心态更多了些平淡。我时刻警戒自己的是斗志不能减，创造力不能灭。

祝你新年快乐！

潘政

喝茶

岁月不饶人，年龄大了有个好处，就是人生体验比年轻人更多，这个学不来也没人教，而且每个人有每个人的不一样。比如说前些年北方的天气一入秋便有雾霾，严重的时候门窗都不敢开，即便是三四线的小城市开车也要单双号限行，对面近距离内见不到任何的物体，心情感到无比地压抑和厌烦，甚至有些恐惧。那时曾到云南某地旅游，遇到一个小导游，提起雾霾，他一脸的懵懂：雾我知道，这个霾是什么样子呢？说得同行人满脸的无奈和羡慕。现在的秋天，天朗气清，孩子们哪个还知道雾霾是多么令人深恶痛绝？再比如疫情，这个也是多年以后说不完的话题，那就以后再说。今天，我们说说喝茶。

我的人生初体验不少来自旅游，真正意义上的喝茶就是因为很多年前的旅游。在福建的某个景点，第一次喝铁观音的功夫茶，不知道茶叶还可以这样喝，有这么多的讲究，而且这样喝的味道比原来的那种泡法确实好，以前那是生存，现在是生活。那些年，全国都在流行喝铁观音，至今我还记得“一泡水、二泡茶、三泡四泡是精华”的顺口溜。后来接触茶艺多了，才知道这一行有这么长的历史这么多的学问这么雅的文化。过去不这么喝的，抓一把茶叶放在大玻璃杯里，也不洗，泡上后时间久了便只看到涨起来的茶叶看不到水了，喝铁观音的功夫茶比用大杯泡要科学和舒服得多。后来又流行喝普洱、大红袍、安化黑茶、凤凰单枞、福鼎白茶等等。在这一点上茶和酒有些类似，每个茶叶有每个茶叶的香味，不同时期流行不同的品种，随着功夫茶的兴起，成功人士或非成功人士的办公桌边便多了个大大小小的茶台。

喝茶和文学的缘分很深，从古至今很多名家都是酷爱喝茶的人，杨万里、陆游、林语堂、鲁迅、老舍、李洱等等，其中杨万里尤其个性，他负责过广东茶盐事务，对这种爱茶之人来说，无疑如鱼得水。曾有诗说：老夫平生爱煮茗，十年烧穿折脚鼎。能将茶鼎烧穿，虽然夸张，但足见其对茶的热爱。他老年时曾因过量饮茶致病，但仍然“初心不改”，对茶一如既往地热爱。在词中写道：“旧赐龙团新作祟，频啜得中寒，瘦骨如柴痛又酸。”这怨不得茶叶，只因碍于科学和信息的局限，老先生没有找到适合自己的茶而已。茶叶有寒性、凉性、平性和温性的区别，喝茶不能一成不变，要根据季节、年龄、体质、时间等找到适合自己的茶喝才行，要不断学习，灵活调理，否则，年老以后抵抗力弱了怎么能不得病？鲁迅先生在《准风月谈》的《喝茶》中写道：“有好茶，会喝好茶，是一种‘清福’，不过要享这‘清福’首先必须有工夫，其次是练出来的特别的感觉。”此段话叫好些人记忆犹新，但是我觉得今天的社会能享受这种“清福”，最好是有钱有闲有文化，这样喝起茶来才心安，如果家中老少嗷嗷待哺，房贷车贷都没还完，哪有闲心坐下来喝茶呢。记得某位大佬谈经营企业的境界，说企业做到最佳处，一天只干三件事“喝茶、融资、用人”，这话充满了力量和厚度，也充分说明了喝茶的作用不可替代。

现在自己也吸点儿烟，此嗜好百害而无一益，不好意思多说。每天仍旧坚持着大量的阅读，有些书如药，虽然很苦，但硬逼着自己也要吃下去，因为对身体有好处。人要做到自私很容易，但做到爱自己很难，有时我想这辈子只要有“茶、烟、书”就够了，我的精神世界便不会寂寞，就有创作的源泉。如今，每个周末的清晨，吃罢早餐，我会烧上开水，闷一壶上好的贡眉去写构思已久的小说，茶作为一种精神稳定剂，能够让我的文字有如泉水般娓娓道来，用之不尽，取之不竭。

禾 禾

禾禾：

你的年龄已经不小了，好多事都已经知道了，应该说因为时代的不同，你们这代人对于事物的理解比我们那代人要宽泛和有力得多，却也缺乏我们那时的和谐与温暖。虽然好多事物都有正反两个方面，没办法以对错来进行评价，但总体来说，社会是进步了，文明是发展了。当前，如果让我给你推荐一本书的话，我给你推荐可以终生阅读的冯唐的《三十六大》，里面有《大男》这篇文章，内容虽然没有展开讲，但书中的观点都抓得很对。按照文章里说的那样去做，总没有错。不管你的心智如何，都会成为一个对社会有用的人。现在我根据自身的经验再给你交代几句。

一、要会学习。

人在这个社会上一定要爱学习、会学习。爱学习不容易，会学习更不容易。学习的内容有两个方面：书本上的和社会上的，精通每一样都不得了。我曾在人事部门工作过，很多用人单位领导的第一句话就是，你会什么？那种让别人挑选的滋味非常难受。社会就是这样残酷。长大后你就知道了，这个社会上好多事没有对错，只有取舍，能够比较利害、得失，去进行取舍是个很大的本领。如何更好地拥有才华、掌握本领？只有不断地学习、学习、再学习。人的天资与命运不同，人能左右或者说控制的能够改变自己的东西，也只有学习。会学习是一门很深的学问。从人生的角度来说，会学习具有积极的意义，有些人年龄已过知天命，又和学生一样到学校里上课，这种违常行为难免让人难以理解，但不管怎样，其积极的人生态度应该得到充分肯定和赞扬。学习是一件有意义的苦差事，最好是养成一种生活习惯，就如同劳动和健身一样。真正进入学习的状态不容易，而一旦进入学习的状态便会成为一种享受。慢慢来，希望学习伴随你的终生，它会使你受益无穷。

孩子，既然在社会上生存，你就会遇到许许多多的问题，有些问题别人能替了你，有些问题别人能帮了你，有些问题只能靠你自己。但不管遇到什么问题，最好的办法是解决问题，而不是逃避。解决问题可以增加智慧，让自己变得更聪明，具有积极的意义，会学习是解决问题的最好办法。记得你小时候得病，你奶奶说，小孩子每得一次病就长一次心眼。当时觉得这话莫名其妙，现在想想有很深的哲学道理。逃避是懦夫的行为，或者说是没有办法的办法。爸爸有个同学，十年换了四五个工作，先不说别人怎么看，单就他问问自己，自己算是个处理问题的高手吗？遇到问题要想得开，要从旁观者的角度想想。这个社会是个群体的社会，不是专门为哪一个人设计的社会，也不是专门为人的哪个年龄段设计的社会，我们身边有很多聪明人，多读读他们的书、看看他们的视频，你可以做得更好。

二、要长本领。

人在娘胎里就已经不一样了，生下来就是不同的，所以说人与人比是非常愚蠢的事情。如一个人天资聪慧、体格健壮、家庭条件优越等等，那是他的命好，这个不是由个人意志所决定的，谁也勉强不了。如果一个人的命不好，也不能怨天尤人，那只能靠后天的努力来弥补，这个可以由自己的意志来决定，“天行健，君子以自强不息”说的就是这个意思。至于你的努力可以使你生活到哪个程度，这个也不是由个人意志来决定的，也不能勉强。只要你用事实证明你的今天比昨天进步了，你的今年比去年发展了，这就说明你在往好处努力，夜深人静时，你的内心就不会羞愧了。那么如何能做到这一点呢，就是要长本领。人生活在这个社会上需要很多的本领，人在哪方面有过人的天分自己也不一定知道，所以要不断尝试各种事物来发现自己。人活着本身就是一个不断认识自己、认识世界的过程，这个过程非常地艰苦，而一旦你发现了自己在哪方面有过人的东西，用不了多久你就会超过别人很多，你的信心就会增加，你就不会看任何人的眼色过日子，这个社会中也就自然有了你更高的位置。如果始终没有发现，也不要气馁，因为即使自己没有天分，通过功夫做到常人所做的也不难，人在很多方面还是“随大流”的好，那样更安全。即使是出类拔萃的人也应该“圣贤庸行，大人小心”，在尽可能没有风险的前提下更好地发展自己比什么都重要。

孩子，当你一事无成的时候，你就会让人瞧不起，你就会从内心里感到本领恐慌，这种恐慌会伴随你的一生，会成为你终身挥之不去的阴影。记住这句话，对于男人来讲长本领比什么都重要。这个本领又有着很深的内涵，主要是实际掌握的各种生存技能和洞察世事人情的能力。“艺多不压身”，说的就是技能，这是必须的，但生活在这个社会上观人看事的本领更是不能缺少的。杜月笙说，可以不识字，但不能不识人。真正的实力是要让才华变成自己的本能。“书到用时方恨少”，当你在社会上受到欺负时，你就会知道本领的重要性，但到那时现学可就来不及了，要靠平时的积累和用心。

三、要经风雨。

社会复杂，人心叵测，有人的地方就有江湖，有江湖的地方就有风雨。风雨有大有小，有的人能扛过去，有的人扛不过去。“人过留名，雁过留声”，任何人的一生都有轨迹，不管你是名人也好，是老百姓也罢，只要有轨迹就有人来评价。孩子，每一次风雨都是你增加自己历练、锻炼自己心智的机会，我们不能人为地来追求风雨增加历练，但“世事无常，人生难料”，每一次风雨来临时，你都要挺住。关于这个问题，冯唐说：不着急、不害怕、不要脸。说得很好。“不着急”就是时间空间都在变化，再难的事也会过去，过去了就好了，不要斤斤计较于当下，不要钻牛角尖，用句俗话说就是不要想不开。为什么想不开，内心不够强大是主要的原因。“不害怕”就是凡事“兵来将挡，水来土掩”，人生在世，生死为大，除了生死，没什么大不了的。好多人的失败是在事情来临之前已经被自己的胆怯吓倒，是战胜不了自己。“不要脸”就是人有脸树有皮，很多人是为了脸面生存，事情到来后，不能采取措施也是因为脸面，当把脸面抛却后，做出平时不敢想、不敢做的事情，实际上也就是超越了自我。人只有经历风雨才知道了和平的安宁，才知道了平安的幸福。

孩子，每个人都有每个人的命运，有好有坏，有顺境有逆境，但不管怎样，人活一世都不能顺从命运的安排，都不能屈从命运的摆布，都要显示自己的存在和力量。弱肉强食是动物的生存法则，趋利避害是人的自然本性，这是客观规律。要达观地看待人性的善与恶，如果看不清这些而去抱怨，那是你没有活明白；如果在一个群体中你对谁都不满意，那是你自己有问题。但如果你真的接受不了，不愿委屈自己，你就要具备摆脱这个群体的能力才行，这需要积累，需要很大的能量，“欲戴王冠，必承其重”。要做出成绩来，无论哪一方面，让人家觉得你有话可谈，有褒有贬，有作品，有业绩，只有这样才不枉活一世。找准一个点，早动手，多尝试，做个有心人。人不管干什么，只要从事的时间久了，天资又不是太笨，总会做出些大大小小的事业来。

在当今这个和平、公正、鼓励竞争的社会中生存并不难，只要双手有付出，就会有饭吃，但是要想体面地生活，赢得别人的尊重却并不容易。你是做过学生的，应该知道，在考试中每差出一分就会差出很多人来，整个社会就好像一个大考场，你往上走的每一个台阶也都会差出很多人来。人与人的竞争非常地残酷和无情，没有成绩只能拾人牙慧，那种滋味让人无比难受。孩子，你现在的年龄还不算大，干什么都来得及，人生的画卷还没有开始画，是一幅美丽的图画还是涂鸦就看你自己的了，爱你的父母只能尽一切可能帮你，但是代替不了你。不管遇到什么挫折，都要积极面对人生，都要有意义地走完这一辈子。人在社会上混，总不能流血就喊痛，怕黑就开灯，想念就联系；今天再大的事，到了明天就是小事，今年再大的事到了明年就是故事。

祝你身心愉快！

爱你的爸爸

阿贝

时光流逝得让人惶恐，栀子花开的时候，我又想起了阿贝。

阿贝是我同学，还当过两年同桌。高中那几年正处在青春期，对于一个敏感的少年，那段时间的很多日子都处在抑郁、困惑和不安之中，不知道前面的路怎么走，不知道以后的生活怎么过，而与阿贝的相处，则让我得到了极大的心灵抚慰。三观的契合、气质的相投、感情的纯净让我享受到了即便是父母至亲也无法替代的人间温暖。就像郭德纲对于谦说的“我身无分文的时候，你在我身边；我被人唾弃怒骂的时候，你在我身边；我被千夫所指的时候，你在我身边”。其实这话是对于谦的高度褒扬。人与人相处就像人与物相处一样，是一件很奇怪的事情，无论你用以前的缘分、因果还是用现在的量子、磁场什么的解释，那只是一种说法而已，但事实是一种客观存在。有些人你一见到就感到舒服或者厌恶，这就是事实。什么原因呢？原因千千万，怎么解释都行，谁也不知道哪种解释是正确的。遇到对的人，你应当特别珍惜，因为这个世界上能让你真正喜欢的人并不多，这个世界上能让你随时打扰的人并不多。

当时我们是校文学社的成员，阿贝文笔好，诗歌、散文、小说都有所涉猎，现在回想起来，他发表的那些文字是淳朴感情的抒发，是生理成长的萌动，是经典文章的临习，很难说是艺术创作，和今天我所理解的文学完全不是一个概念。我们每个人的成长史都是个人在各个方面观念的进化史，伴随着时间的增长，认知在不断改变。在那些文字中，相当的篇幅是他在憧憬着自己的抱负，总觉得天将降大任于是人也，通过努力拼搏，将来会干出一番惊天动地的事业，衣锦还乡，名动一时。与他聊天时，也总是着眼于十几年、几十年以后，要考什么样的大学，要从事什么样的职业，要生活在哪里，要过什么样的日子，等等，有时让我觉得在云里雾里。殊不知，这个世界上，成功者毕竟是少数，大多数人的一生，拼尽了全力也只是过得不好不坏而已。

毕业后，我们天各一方，各自上了不同的大学，除了过年过节道一声祝福，平时联系就比较少了。正如电影《山河故人》里说的：每个人只能陪你走一段路。不知怎么，有时也想不出准确的原因，也记不清分手的时间，有些很要好的朋友，走着走着就走散了，只能是散了就散了吧。后来我们走向社会，更是各忙各的，很多年见不上一次。从各处飘来散碎的信息中知道他的职场不甚如意，不停地变换着工作，也出过国，也创过业，也成立了自己的公司，只是成绩寥寥，估计也没挣到什么钱。艺术上有些天分的人往往经纶世务上的功夫差一些，因为它是并行的两条路，老天不能什么都照顾你，有才不一定有能。印象深的一次，还是多年前，在某位同学的婚宴上见过他，那天晚上他乐呵呵地坐在酒店的墙角，衣衫油腻，两眼放光，在几个女同学的围拢下海阔天空，当我注视他时，那略带酒意的沧桑老脸上不经意间泛起一丝难以察觉的羞涩。

又过了几年，疫情起来了，听说他一个多月没有出家门，除了自学一手上好的厨艺外就是不停地浏览招聘网站。近些年的就业形势不好，以前猎头公司的猎头都在打零工，但功夫不负有心人，苦心寻觅之后终于钓到了现在上海的老板。

巧的是这个老板是我远房的表哥，公司是搞私募基金的，这是个员工吃饱、股东吃少的职业，即便是在经济环境不是很好的今天，待遇也还不错。我了解的这个单位的几乎每个人都穿金戴银，仰着头走路。他入职以后，我专门去了一趟，和表哥等几个人小范围吃了顿饭，特意嘱咐，老同学要多照顾。阿贝当时在场，讷讷寡言，我们也完全没有了当年无话不谈的那种兴致和情绪。表哥私下说，你不知道的，他性格孤僻，日子过得也不宽裕，每个月要寄一万元给没有工作的老婆和海外求学的孩子。

去年春天，阿贝忽然有电话来，告诉我已辞去工作，问其原因，他闪烁其词，说自己年虽五十但还不算老，还有事业，总感觉未来几年会有大事等着自己云云。口气依稀仿佛回到几十年前。

婧 儿

那些年，我还能终日坐在湖边无所事事。看水上的飞鸟，望移动的白云，听微微的煦风。

岸上有不少的店铺，狭窄的道路上方架着挡雨遮阳的廊棚。夏季白天大部分都是关着的，每到夜晚便是一片嘈杂的烟火气象。行人穿梭其间，有乘凉的、遛狗的、夜泳的、吃饭的、喝酒的、谈恋爱的……在这熙熙攘攘的人群里，我邂逅了一个叫婧儿的女孩子。

婧儿是土生土长的北方人，但生就娇小可人的南人相。五官周正、眉目清晰。只看照片你就会想到小桥流水，想到娉婷和婉约，一副让人爱让人念让人疼让人怜的样子。第一次见到她，那个俗得不能再俗的词语就映入脑海：如花似玉。这个年龄正是女孩子最好的年龄，是诗一般的韶华。只不过很多人辜负了上天赏赐给她们的好皮囊，没有利用这扇打开的门细细谋划一生，等到人老珠黄之时才发现机会已经失去，只能是无奈朝来寒雨晚来风，抱怨命运的无常。不知道婧儿是不是这样的人。

人与人相遇是需要缘分的，这个不管你信不信，反正我信。两顿饭之后，婧儿打开了话匣。我知道，她的父母在几百公里之外的农村经营着一家小企业，按说现在农村的生活也不错，按说她也不会缺钱花，但日子平淡紧张而且无聊，家人无暇管她，她又天性有些叛逆，初中毕业后便跟着朋友来到这所谓的大城市里混社会。女孩子混社会是很不容易的，婧儿说到这里，我就隐约地感到，她是个有故事的人。

在认识的不长时间里，我知道了她曾经做过服装，卖过保险，干过美容，在茶楼里倒过茶，在饭店里端过菜。总之，是干一行不爱一行。虽然没什么大的理想，也没什么专长，但你还别不服气，社会上就是有那么一帮靠天吃饭的人。身强体壮的男人可以靠力气糊口，年轻漂亮也是女孩子最大的资本，随意找个工作就可以养活自己。人生的不易，她应该是领略过的，这个从婧儿比实际年龄大许多的成熟相貌上就能够看出，只是不知江湖的风雨与人性的险恶是否让她有过切肤之痛。此为敏感的隐私话题，她不说，我哪儿敢问。

有段很久的日子没有和婧儿联系，因为该聊的已经聊完，不该聊的放下之后也不去再想。记得某天下午在湖边一个有名的咖啡店里，忽然见到酷似她靓丽的背影，和一个闺蜜在点咖啡。冒昧前去搭讪，果真是她，比以前更多了些精致妩媚，回头的那刻竟让我慌了神。

问她最近在忙啥，她说在干主播，时间不长，已经聚粉上万。我虽然平时很少滑手机，对此类风口上的行业既不懂也不会，更不想学。总觉得把花在虚拟生活里的时光放在读书和发呆上，收获会大一些。但身处这个时代也多少耳濡目染，了解那些渣男们的胡言乱语和灰色手段。不禁问道，干这行，以你这样的容颜和气质我倒不担心那些粉丝们顶不顶得住，你能顶得住么？

后来，我们加了微信，目的是可以随时关注对方，也方便联系。我是那种潜水时间比较长的人，其原因并不光是怕犯言多必失的忌讳，而是觉得在朋友圈里炫耀存在感没有太多的意义，发一百个美食美景的实况也不如写篇有力的千字文影响大，身上确实拥有价值高的硬货还用炫么？而让我奇怪的是她也极少在朋友圈里露面，偶尔发几张，都是感觉良好的自拍照而已。其中有张印象特别深的，月光下，红红的指甲托着姣美的洋溢着青春的脸庞，晚风拂过，深情款款，只是眼神里不经意间流露着淡淡的哀愁。

忆若蔚

成长的道路上

有些人是你的助推剂

有些人是你的绊脚石

——题记

记得那一年，哪一年？就是，那一年。

那一年已经是二十多年以前。我刚调至市局工作，分配在稽查局的稽查一科，当天到科里报到的，还有，若蔚。

若蔚比我大十岁，理所当然的口头上的称呼都是若蔚哥，在一个陌生的环境里，对于初涉尘世、身体和心理单薄而脆弱的我，心宽体胖的若蔚成了潜意识里的依靠，工作上、生活上心安理得地每每有托，他都来者不拒。

若蔚性格外向，好说笑，幽默风趣，社会经验丰富，与我正好互补，再加上同期到科里的情结，我们很快无话不谈，如何查账、处理税企矛盾，怎样理顺人际关系、协调上下级职责等等。当然，也谈喝酒和女人。

若蔚爱书。我有时奇怪，这样的志趣与他粗头乱服的相貌、与他大碗喝酒大口吃肉的性格怎能匹配？记得有次我俩和朋友在饭店里小聚，若蔚喝酒不少，出来后不经意间寻他不见，正在着急，忽然看到远处不起眼的小书店里他抱着一套崭新的《曾文正公文集》出来，边走边嘟囔，这书花钱不少，钱花得多了点也值……至今我的书橱里还躺着他送我的《思考中医》。

若蔚好学。局里组织的好多次行政及业务考试，他的成绩都名列前茅，每次考前他都通宵达旦地学习，做好充分的准备。在这个阶段他的口头禅就是一句话：我真下力了。记得某次考试他甚至拿过满分，先不说分数的多少，单就在这样的年龄这样的生活态度就足够积极得让人尊敬。

若蔚尚武。几十年如一日地晨练打太极，虽说无论干什么要想出成绩多少都需有点天分，但没有执着的兴趣和坚强的意志力也很难做到，不信，你来试试；他是陈氏太极全国冠军丁明业的高徒，莫说在局里已无对手，即便是在社会上也已小有名气，不信，你上网查查。

若蔚热心。主持市局机关服务中心工作之时，我每次早早上班，都能见到他在单位的院子里井井有条地布置局里的安全、卫生、车辆、接待、后勤等工作，提前给同事们打理良好的工作环境；任老干部科科长以后，更是“老吾老以及人之老”，想尽办法哄得一帮老头老太太早晚开心，此外他还兼任局家属院业主委员会的秘书，这都是些少不了操心的活，常碰到他跑上跑下，总怕哪件事大家伙儿不满意，总怕哪件事考虑不周全。

若蔚善饮。某次饭局，酒过三巡，饭已上来，他面前还有大半杯，大家相劝，酒已喝好，不要勉强，吃饭吃饭。他说，好酒岂能浪费，把酒泼入面条中，顷刻而就，众人惊愕。

若蔚……

若蔚走了，在医学科技高速发展的今天，在刚刚过了知天命的盛年，这梦一般的结局他不会想到，我更没有想到。转眼间自己也到了谈爱已老、谈死太早的年龄，这正应了马未都那句中年以后每次分手都可能是终生分手的话。过去古人说人有五福：寿、富、康宁、好德、善终，总体来说就是活的时间长、有钱、身心健康、没有坏名声、没有飞来的横祸等意思，这些福气并不是光靠人的努力就能够得来的，牵扯到唯物唯心的诸多因素，作为个人来讲只能尽量争取而不能奢求全面。以前，总认为“生死有命，富贵在天”之类的话是既迷信又反动的无稽之谈，随着知识的增加和阅历的丰富，反而觉得这里面有着深深的道理。

在处理若蔚丧事的某天夜里，手机上忽然收到金华兄的短信，说作了首诗纪念他，让我写好，第二天出殡时一起烧掉，记得首句是：英才早逝兄西行。我觉得我们都是老百姓，用英才大了点，还是用英年比较好，这也符合若蔚的脾性。

若蔚姓李。

几位老师

刘老师。刘老师在学生时代就是学生中的名人。他的学习成绩虽然在班里不是最好、不是很稳定，但绝对是遥遥领先。名人不光体现在学习方面，除了学习以外，刘老师的钢笔字曾经在全省获得过一等奖，乒乓球打得也不错，这样全面的素质肯定属于出类拔萃的人，属于莘莘学子中的偶像，属于家长闲谈中的骄傲。高考时刘老师考了全校第三名，这让大家大跌眼镜，因为分数远远超出了他平时的成绩。更让大家大跌眼镜的是，大学毕业后刘老师看破红尘，去了世界上最大的佛学院，潜心研究佛教经典，这正应了佛家的那句话：世事无常，各种无常。从现在这个时代看，刘老师的这些极具个性的行为也不是什么异端，但在三十年前的小县城里那样的叛逆肯定引起了轩然大波，好多人都以为刘老师废了、疯了，他成了千家万户茶余饭后的笑柄。然而学了八年的佛，没想到刘老师回家了，沉寂了一段时间后娶妻生子，过起了安稳日子。佛继续修，日子继续过，空闲时间给有兴趣的人讲讲学问，带着那些有信仰的人去菜市场买些鱼虾之类的，去河里湖里放放生。大家不光放弃了鄙视的白眼，反而脑中有什么困惑时经常去找他求教答疑。人生有时真的很难料，怎么评价刘老师这一生呢，聪明人走了不聪明的路，还是人各有志？如果按照世俗常人的想法，刘老师的一生肯定不是这个样子。哪条路好呢，个人的选择有时无法用好坏来划分。

曹老师。曹老师是个女人，六十多岁离的婚，大家可能会觉得曹老师很不幸，至少在个人生活上很失败，但更不幸的是，她只有一个女儿，快三十岁了，得了胃癌。然而曹老师是个乐观的人，退休后，竟然去创业办了一个纺织厂，在纺织行业普遍不景气的今天，她干得有声有色，企业理顺以后，又学起了葫芦丝和舞蹈，而且经常去专业的晚会演出。性格决定命运，不管社会上的流言怎样，曹老师是个积极向上的人，是个不向命运屈服的人。现在曹老师独自生活，基本上是以厂为家，找了个照顾自己的女伴，压力大的时候吹吹葫芦丝、跳跳舞。谁也不知道曹老师这一生遇到过多少的无助与无奈。人啊，要自己成全自己，自己照顾自己，能够照顾好自己不给别人添麻烦也是不容易的事，需要很大的智慧。曹老师具备一般人所不具备的商业意识，一般人所不具有的承受灾难的心力，这一点是她超越众人的长处。人有时这样：很多短处暴露于众人之前，给人以不入时流的不好印象，但其超越众人的长处却往往可能不被人们发觉，而这个长处又可能是很多人缺乏的。曹老师身上值得让人学习的地方是积极乐观的精神，这是我们这个世界不可缺少的东西，是正能量的体现。她常说的一句话是：只要人不死，就要折腾。

杨老师。杨老师五十多岁，家里有个气场很大的老婆，这就注定了他“妻管严”的身份，注定了阴盛阳衰的家庭结构。应该说从生理的角度来讲，杨老师的年龄不小了，可也不算太大，如果努力拼搏干点事业的话，后半生还可以做出些让人乐道的成绩。但一场大病仿佛让杨老师看到了人生的真谛：凑合着过吧。夫妻两人单位都不错，儿子已经安家就业，怎么不是一辈子，多一事不如少一事，一家人平平安安比什么都好。这样的思想让其早早地退出职业生涯的舞台，所以病后即便身体恢复得很好也处于半退休状态。领导不再安排工作，他也懒得去理单位上那些钩心斗角的办公室政治，时间长了，仿佛从人们的印象中已经淡去。在很多地方，有的人上班已经和退休差不多，只是在单位上还有几个可以聊天的熟人而已，只是还有单位这么一个可以散心的环境而已，反正在家也是没事、也是闲着、也是无聊，反正人生也没有什么目标，反正过一天算一天。相当多的人也不满意这种状态，而又无法摆脱这种状态，再加上思想上的患得患失，怕摆脱后的生存环境还不如现状，以至一事无成，终生没有成功的感觉。从一个局外人的角度看，尽管人生的取向各有差异，但人活着还是应该尽量做点有意义的事，产生些价值。很多人成功的原因是由于“不甘心”，也就是不愿意平平淡淡地过一辈子。这样的不甘心是种前进因素，推动着我们社会的进步。

致 ××× 编辑

××× 编辑：

您好！目前有几个想法和您沟通一下：

1. 文学是艺术，不是小学生作文，要讲究感觉、情绪、意境和语言的节奏，不能太“白”，这也是文学的魅力所在。理解艺术是需要天赋的，这个学不来也教不得。当艺术家产生情绪（或者说灵感）之后通过艺术作品表现出来，让看到这个作品的人产生相同的情绪，这就是艺术的作用。好的艺术作品往往这样：明明故事刚刚开始，却让人感觉作者已经说了很多的话，如程耳的《罗曼蒂克消亡史》；明明故事已经结束，却让人感觉作者有很多话还没有说，如李安的《饮食男女》。

2. 我承认部分文章不太好理解，因为有些心得感悟是写给自己的独白，所以希望编辑老师在文章语句通顺的前提下能够尽量尊重作者的原创。需要说明的是，作品集中有部分文稿的质量差别可能大一些，这主要是积累和灵感所致，受其他的因素（比如时间等）干扰很小。既然放在了作品集中，我就要对自己的作品负责，否则良心上过不去。

3. 此次出版作品集的目的是为了总结岁月，因此时间跨度比较大。回头看看多年前写的东西，没有丝毫的违和感，甚至有些文章今天已经写不出来了，这说明我的文字是有生命力的，是值得庆幸的。社会上熟悉的和陌生的读者经常在看过我的文章之后，问我是否有作品集，我也觉得有出书之必要，所以对此书的出版如同自己的孩子一样，非常重视。有鉴于此，几年前我就对其在文稿质量、版式设计、出版发行等多方面进行了全方位的考虑，也希望通过我们的共同努力能将此书打造成为贵社出版物中的高质量产品。

4. 上次给您寄去的初稿大部分都发表过，寄出之前我又审阅了好多遍，每次改动都好像洗澡一样，总能搓下点泥来。文稿虽然字数不多，但是内心思想的结晶，是字斟句酌，我发现部分文字贵社编辑改动后已完全失去了原来的内涵和趣味，因为艺术是“失之毫厘、差之千里”的东西，希望你们在考虑自己责任的同时也能够慎重对待作者的心血和汗水。

5. 我承认文稿中有一些缺点和不足，我尽量改正，但自觉精彩之处恕难从命。在修改的过程中，每次我都有所收获，知道出书是件很不容易的事情。另外，因为电脑版本的原因，您在微信中发来的文稿无法编辑，此稿是在我上次发给您文稿的基础上进行的修订。

6. 文稿中有部分书信体文章，请您和其他编辑同志商量一下，最后写信的时间保留好还是删掉好？（朱光潜先生的《给青年的十二封信》全部删掉了写信的时间）另外，根据您的意见，我补充了几篇文章，请酌情选用。

7. 增补的文章中有《告诉你一个不一样的书法》，此文内容比较长，是我在大学里作讲座时摘选的讲义，也不知放在文集中是否合适，如不合适可以去掉。但是我看到以前有些艺术家的散文集中也有专业性的文章，因为专业性的文章可以写成散文性的作品，只要可读性较强，大家喜欢看即可。你们的编辑经验丰富，这个由你们来定。

8. 我以为创作如同女人怀孕，开始怀上的时候自己不一定知道，肚子大了以后有点反应，等到非写不可的时候，孩子就出生了。自年轻时喜欢艺术以来，我的读书笔记已经积累了十余本，只因文字风格不与此书匹

图书在版编目（CIP）数据

心灵笔记 / 潘政著. -- 北京：作家出版社，2025.5
-- ISBN 978-7-5212-3254-7

Ⅰ. I267

中国国家版本馆 CIP 数据核字第 2025L1F319 号

心灵笔记

作　　者： 潘　政
责任编辑： 李亚梓
装帧设计： 琥珀视觉
出版发行： 作家出版社有限公司
社　　址： 北京农展馆南里 10 号　　**邮　　编：** 100125
电话传真： 86-10-65067186（发行中心）
86-10-65004079（总编室）
E-mail: zuojia@zuojia.net.cn
http: //www.zuojiachubanshe.com
印　　刷： 北京盛通印刷股份有限公司
成品尺寸： 130×185
字　　数： 75 千
印　　张： 6.25
版　　次： 2025 年 5 月第 1 版
印　　次： 2025 年 5 月第 1 次印刷
ISBN 978-7-5212-3254-7
定　　价： 58.00 元
